스켈레톤 마스터

WISHBOOKS GAME FANTASY STORY

더페이서 게임 판타지 장편소설

스켈레톤 마스터 12

더페이서 게임 판타지 장편소설

초판 1쇄 찍은 날 | 2019년 5월 22일
초판 1쇄 펴낸 날 | 2019년 5월 29일

지은이 | 더페이서
펴낸이 | 예경원

기획 | 위시북스
편집책임 | 이규재
편집 | 위시북스

펴낸곳 | 예원북스
등록번호 | 제396-2012-000132호
등록일자 | 2012. 7. 25
KFN | 제1-417호

주소 | 경기도 고양시 일산동구 호수로 646-24 위너스21Ⅱ빌딩 206A호 (우)10401
전화 | 031-819-9431 팩스 | 031-817-9432
E-mail | yewonbooks@naver.com

ⓒ더페이서, 2018

ISBN 979-11-6424-300-6 04810
         979-11-89348-43-4 (set)

스켈레톤 ⑫ 마스터

WISHBOOKS GAME FANTASY STORY

더페이서 게임 판타지 장편소설

Wish Books

스켈레톤
마스터

··· CONTENTS ···

제1장
신비로운 장소

성민우가 고개를 갸웃거렸다.

"보상이 물음표네."

"아까 들었듯이 능력껏 얻어야겠지."

"아아."

"재밌겠다!"

모두 흥미로운 표정이었다.

괜찮네.

무혁도 마찬가지였고.

"속도 높인다?"

"오케이!"

"응, 오빠!"

속도가 조금씩 빨라지더니 한계치까지 도달했다. 해골로 이뤄진 말이기에 체력의 저하가 없어서 최고 속도를 계속해서 유지할 수 있었다. 덕분에 현실에서는 맛볼 수 없는 특유의 속도감을 만끽하는 게 가능했다.

"여긴가?"

1시간도 걸리지 않아 목적지에 도착했다.

끝이 보이지 않는. 그 깊이 역시 가늠되지 않을 정도의 호수가 눈에 들어왔다.

"예쁘다……."

"오오, 넓어!"

반응도 제각각이었다.

"여기가 글로우 호수라, 이거지?"

"그래."

포르마 대륙에서 세 번째로 넓은 곳이었는데 관광지로도 인기가 많아서 구경을 하러 온 유저가 상당히 많았다.

가족과 함께 온 이들. 연인끼리 온 사람들. 전부 호수 주변을 거닐며 여유를 즐겼다.

"근데 위치가 어디야?"

"잠깐만."

지도를 다시 확인했다. 정확한 위치는 글루오 호수 북쪽.

"북쪽이네. 위로 올라가자."

"오케이!"

"오빠, 구경하면서 가자."

예린의 초롱초롱한 눈빛에 무혁이 고개를 끄덕였다.

"그럴까?"

"웅!"

마치 데이트를 하듯, 무혁과 예린은 오붓하게 호숫가를 거닐었다. 아마 그때부터였으리라. 함께하던 성민우가 투덜거리기 시작한 것은.

"너무 좋다, 오빠."

"나도."

"솔로 만세!"

지금도 솔로를 찬양하고.

"그치, 그치. 엄청 예뻐."

"저기 돌도 특이하네."

"커플은 지옥에나 떨어져라!"

커플을 부정하는 말을 내뱉었다.

"올라오니까 더 아름다워."

"저승사자가 기다린다!"

"너도 아름다워."

"악귀 같은 것들!"

"오빠도, 참. 부끄럽게."

"지옥도 과분하다!"

그 뒤에서 연신 투덜거리는 성민우의 말을 무시한 채 움직이기를 30여 분. 드디어 호수의 북쪽에 도착했다.

"30분이나 걸렸어, 미친."

군마를 탔으면 5분도 걸리지 않을 거리였건만.

성민우가 미간을 찌푸렸다. 그제야 무혁이 고개를 돌리며 피식하고 웃었다.

"괜찮나?"

"아니! 전혀! 네버!"

악을 쓰는 성민우의 모습에 예린이 조금 미안한 표정을 지었다. 여기까지 오는 동안 너무 방치했다는 생각이 이제야 든 것이다.

"오빠?"

"……."

대답이 없었지만 예린은 그냥 말을 이어갔다.

"전에 얘기했던 친구 있지?"

그 단어에 고개를 슬쩍 돌리는 성민우.

"친구……?"

"응, 성격도 좋고 직업도 좋고, 또 엄청 예쁘다고 했던 내 친구."

"했었지."

"다음에 서울에 같이 올게."

성민우의 눈이 반달처럼 휘었다.

"지, 진짜?"

"응."

"약속했다?"

"약속."

"우오오오오! 솔로 지옥! 커플 만세!"

곧바로 태세를 전환하는 그였다.

"자, 그럼 오빠?"

"응? 왜?"

"이제 지도에 나온 곳 찾아야지?"

"아, 그래야지!"

마치 탐정이라도 되는 것처럼, 두 눈을 부릅뜬 채 주변을 살피기 시작했다. 성민우가 조용해지니 자연스럽게 예린과 무혁도 수색에 집중할 수 있게 되었다. 덕분에 지도에 표시된 지역을 금방 찾을 수 있었다.

"저기네."

호수의 북쪽 끄트머리. 홀로 솟은 돌산이 보였다.

"금방 찾기는 했는데……."

"어떻게 가지?"

북쪽 끄트머리라고는 했지만 그 사이에 있는 호수가 상당히 넓었다. 적어도 20미터 이상은 되는 거리였다.

"날아서?"

그렇기에 성민우의 헛소리는 무시해도 좋으리라.

"날아서 가자니까."

"말이 되냐, 그게."

"왜? 정령한테 부탁하면 되지."

정령이라는 말에 무혁이 고개를 돌렸다.

"정령?"

"어, 윈드한테 잡아달라고 하면 되잖아."

"음……."

어쩌면 가능할지도 몰랐다.

"윈드, 소환."

나타난 바람의 정령, 거대한 매가 성민우의 머리 위를 활공한다.

"나 잡아서 저기까지 데려다줘."

그 말에 윈드가 다가오더니 성민우의 양쪽 어깨를 발로 쥐고선 떠오르기 시작했다. 말도 안 된다고 생각했건만, 정말로 날아서 돌산의 꼭대기에 오른 그였다.

"내 말 들리냐!"

저 멀리서 외치는 소리.

"어!"

"똑같이 와!"

"그래!"

대답하고 조금 기다리니 다시 윈드가 가까워졌다.

"먼저 가."

"으웅!"

이번에는 예린의 어깨를 쥐더니 하늘을 날았다. 꽤 재밌는지 연신 즐거운 비명을 지르는 그녀였다. 마지막으로 무혁의 차례가 되었고.

쫘악.

잡힌 상태로 떠오른다. 현실이었다면 어깨가 떨어져 나가는 고통을 느꼈겠지만 이곳은 게임이기에 그런 고통이 조금도 없었다. 그저 찰나의 자유로움만이 존재했다.

"오오……!"

아래로 보이는 호수, 길을 거니는 유저. 쏠리는 시선까지.

"우와, 저기 봐."

"재밌겠다."

"정령인가? 대박인데."

얼핏 들리는 이야기를 한 귀로 흘리며 정면을 주시했다.

"빨리 와, 오빠!"

"어어!"

금세 도착한 돌산의 정상. 윈드가 조심스럽게 내려준 덕분에 위험 없이 착지할 수 있었다. 성민우가 득의양양한 표정으로 무혁을 쳐다봤다.

"그래, 인정. 말도 안 된다고 했던 건 취소."

"진작 그래야지."

"자, 그럼 이제 찾아봐야지?"

위치는 이곳이 맞으니 수색만 하면 되리라.

어렵지도 않은 일이었다.

"스켈레톤 소환."

무혁에겐 엄청난 수의 스켈레톤이 있었으니까.

돌산이 그리 크지 않아서 10분도 되지 않아 동굴 하나를 발견할 수 있었다.

"찾았어, 가자."

"응!"

"금방이구만."

돌산의 중턱에 위치한 동굴.

"딱 봐도 이상한데?"

"그러네."

"안으로 가 보자고."

얼마나 나아갔을까. 던전의 끝에 도착했을 무렵.

[퀘스트 '신비로운 장소의 위치'가 갱신됩니다.]

[신비로운 장소로 이동합니다.]

메시지가 떠오르더니 세 사람을 휘감았다.

번쩍.

눈을 뜬 무혁이 주변을 훑었다.

다른 공간으로 이동되었다는 사실을 단번에 파악할 수 있었다. 좌, 우에 있던 두 사람이 보이지 않았으니까.

물론 주변 환경 역시 꽤 많이 바뀐 상태였고 말이다. 아마도 제각각 다른 장소로 이동된 것이리라.

시험이라도 치르려나?

그렇게 생각하고 있는데 갑자기 중앙에서 무언가가 솟아올랐다.

거침없이 다가간 성민우.

"아이템이 최고지!"

크게 외치며 아이템이 마구잡이로 담긴 거대한 상자를 단숨에 들어 올렸다.

[시험이 시작되지 않았습니다.]

성민우가 고개를 갸웃거렸다.
뭔 소리야?
그 순간 앞쪽에서 사슴 한 마리가 걸어 나왔다. 비틀거리는 모습, 눈에서 보이는 죽음의 기운이 시선을 사로잡는다.

[시험이 시작되었습니다.]

그제야 시작된 시험.
하지만 이미 성민우는 품에 아이템 상자를 끌어안고 있는 상태였다.

[아이템 상자를 택하셨습니다.]
[시험이 종료됩니다.]

허무하게 시험이 끝나 버렸다.
보상은?
아쉽게도 잡템 갑옷 하나를 얻은 게 전부였다.
"아, 놔! 이게 뭐냐고!"

그의 처절한 외침이 동굴을 울렸다.

같은 시각. 예린은 홀로 다른 공간에 떨어졌음을 파악한 후 조심스럽게 주변을 살폈다.

그러다 중앙에서 치솟은 기둥에 시선을 빼앗겨 버렸다. 그 위에 놓인 세 가지 상자에 담긴 물건들 때문이었다.

왼쪽 상자에는 고급스러운 아이템들이 꽂힌 상태였고 중앙의 상자에는 번쩍이는 금화와 시선을 앗아갈 정도로 찬란한 보석들이 매력을 발산하고 있었다.

예, 예쁘다.

절로 손이 뻗어진다.

"아⋯⋯."

보석 하나가 손에 올라오니 영혼이 빨려드는 기분이었다.

[시험이 시작되지 않았습니다.]

그 순간 떠오른 메시지에 정신을 차렸다.

시험⋯⋯?

다급히 보석을 내려놓았다.

그제야 오른쪽에 놓인 상자가 눈에 들어왔다.

물약인가⋯⋯?

은은한 유리병과 그 안에 담긴 붉은 액체. 무엇인지 알 수는 없었으나 이 역시 평범한 물건은 아니리라.

끼이잉.

뒤이어 들려오는 낯선 소리. 앞에서 사슴 한 마리가 비틀거리며 걸어 나오고 있었다.

[시험이 시작되었습니다.]

떠오른 메시지에 고개를 갸웃거리는 예린.

시험? 과연 무엇이 시험이란 말인가.

그 순간 다시 한번 눈에 들어오는 사슴. 그제야 시험이 무엇인지 대충 추측이 되었다. 아마도 저 다친 사슴을 치료해 줘야 하는 것이리라.

무엇으로?

세 번째 상자 안에 놓인 유리병이 보였다.

이건가……?

그런데 의문이 들었다.

이게 진짜 시험이라고? 이렇게 쉬울까? 함정은 아닐까?

아이템과 보석을 택하면 저것들이 손에 들어오는데, 그걸 놓치게 만들기 위한 술수일 가능성도 분명히 있었다.

정말 그런 거라면? 아니, 아니야.

이건 누가 봐도 물약으로 사슴을 치료해 주라는 거잖아.

시험이라고 했잖아.

그러니까……:

예린은 머리가 복잡해서 미칠 것만 같았다.

순간 무혁이 떠올랐다. 그리고 그라면 어떻게 행동할지 생각하게 되었다.

그래, 오빠였다면……:

그렇게 생각하자 선택이 쉬워졌다.

그녀가 상자를 택했다.

사슴을 보자마자 무혁은 웃었다.

시험이 쉽네.

전생의 기억까지 합하면 일루전을 즐긴 시간만 10년이 넘어선다. 그런 무혁에게 이런 종류의 시험은 너무나 쉬웠다.

왜냐고?

이미 정보를 지니고 있기 때문이다.

보상 개념의 퀘스트에선 정해진 패턴이 있다. 정의롭고 명확해야 한다는 것이다. 이 두 가지가 충족되지 않는다면 충족시키면 된다. 그러면 합당한 보상을 받을 수 있다. 지금 상황은 어떤가? 사슴이 상처를 입은 것은 명확했다. 그렇다면 정의로워야 한다는 명제만 만족시키면 된다. 당연히 엘릭서를 택해 상처를 치유해 주면 되는 것이다.

딸칵. 뚜껑을 연 후 사슴에게 뿌려줬다.

[사슴을 치유했습니다.]

[시험이 종료됩니다.]

[최단 기간으로 시험에 합격하셨습니다.]

[무기 상자(특급)를 획득합니다.]

모르면 어렵지만 알면 쉽다.

그렇기에 최단 기간을 기록했고 보상도 특급으로 받았다.

[무기 상자(특급)]

최고급 무기가 들어 있다. 상자를 열어 어떤 무기가 있는지 확인하기도 전에 공간이 바뀌었다.

[두 번째 시험을 치릅니다.]

일단 상자를 인벤토리에 넣었다.

"으, 으아아아악!"

"사, 살려줘!"

상황을 살폈다.

흐음.

사람들이 몬스터에게 공격을 당하고 있었다. 아이 하나가 당장에라도 몬스터의 손에 반으로 갈라질 것 같았다.

이것도 쉽네.

지면을 강하게 찼다.

윈드 스텝.

몬스터가 인간을 죽이려는 것은 명확했다. 그렇기에 정의롭기 위해 놈들을 처리하면 되리라. 서둘러 다가가 달려드는 몬스터의 앞을 가로막았다.

카가강!

방패로 막아낸 후 검을 휘둘렀다.

풍폭, 십자 베기.

눈앞에 있는 놈을 처리한 후 스켈레톤을 소환했다.

지휘 권한 발동. 몬스터를 알아서 처리하도록 만든 후 아이들을 지키는 것에 집중했다. 그사이 아머메이지가 마법으로 뒤쪽에 위치한 몬스터 다수를 단번에 녹여 버렸다.

꿈틀거리는 몬스터는 아머아처가 화살을 날려 마무리했다. 기마병은 중앙을 흔들었으며 나이트가 접근해 치열한 공방을 펼쳤다. 덕분에 사람들을 지키는 건 어렵지 않았다.

"고맙습니다!"

"우와!"

흐뭇한 마음이 들었다.

물론 이 분위기를 즐길 시간은 없었다.

또다시 메시지가 떠올랐으니까.

[아이들을 지켰습니다.]

[피해 : 0%]

[시험이 종료됩니다.]

[최단 기간으로 시험에 합격하셨습니다.]

[최소 피해로 시험에 합격하셨습니다.]

[보석 상자(특급)를 획득합니다.]

이번에도 상자를 확인할 시간은 없었다.

공간이 바뀌면서.

"어서 돌려주게."

다투고 있는 두 무리의 인간이 보였으니까.

"남의 물건을 돌려 달라니?"

"남의 물건? 그게 어떻게 남의 물건이란 말인가. 애초에 우리 것이었는데……."

"너희 것? 웃기고 있네."

"도대체 뭐가 웃기다는 거지?"

각자의 무기를 든 채 대립하고 있는 상태였다.

왼쪽의 무리는 침착했다.

하지만 두 눈에는 간절함이 깃든 상태였다.

"네 녀석들이 내 물건을 억지로 강탈해 갔잖아!"

"강탈이라니?"

"아니라고 말하려고, 지금?"

"당연히 아니지."

"이, 이익……!"

"흥분하지 말라고. 크큭."

오른쪽 무리는 거칠었다. 눈동자에는 욕심이 서려 있었고.

"이 자식들!"

"죽여!"

그 순간 참지 못한 왼쪽의 무리가 무기를 뽑으며 오른쪽 무기를 덮쳤다.

누구를 도와야 하나? 어느 쪽이 진실을 말하고 있지?

왼쪽인가?

그럴 가능성이 높다. 왼쪽 무리는 침착했고 또 간절해 보였으니까. 오른쪽 무리는 거칠었고 또 표정에 욕심이 붙어 있는 걸로 보아 마음이 자꾸만 왼쪽 무리에게로 향했다.

그래, 왼쪽 무리를 돕자!

보통 유저였다면 분명 그렇게 결론을 내렸을 것이다. 하지만 무혁은 달랐다. 그는 냉정한 표정으로 스켈레톤에게 명령할 뿐이었다.

"쓸어버려."

어느 한쪽도 택하지 않은 것이다. 오직 한 가지만이 명확했기 때문이다. 좌, 우에 위치한 인간 모두가 물건에 욕심을 내고 있다는 사실. 그렇기에 욕망을 참지 못하고 상대방을 죽이려 한다는 것. 이런 경우에는 어느 한쪽을 도와주게 되면 정의로운 선택으로 인정받지 못한다.

인정받기 위해선?

억지로라도 정의로움을 충족시키면 된다.

어떻게? 두 무리를 모두 죽이는 것.

그러면 명확해진다.

탐욕에 허우적거리던 인간 모두가 죽었다는 사실. 오직 그것만이 남게 되는 것이다. 이것을 게임 시스템에선 명확하며 또한 정의로운 선택이라 여기게 되는 것이고.

파바바방!

무혁의 명령이 떨어진 직후 아처가 뼈 화살을 날렸다.

파바바방!

무수한 화살의 비가 내려앉고.

"크아아아악!"

"으, 으아, 으아아악!"

"살려줘!"

순식간에 인간들이 모두 죽어버렸다.

[인간들을 모두 죽였습니다.]

[시험이 종료됩니다.]

[최단 기간으로 시험에 합격하셨습니다.]

[최초로 세 가지 시험을 모두 클리어하여 특별 보너스가 부여됩니다.]

[퀘스트 '신비로운 장소의 위치'를 클리어합니다.]

[특수 상자(특급)를 획득합니다.]

다시 공간이 바뀌었다. 아무래도 시험이 모두 끝난 모양이었다. 얻은 것은 세 개의 상자. 순서대로 개봉했다.

[무기 상자(특급)를 개봉합니다.]
[특별 보너스를 적용하여 캐릭터의 스탯, 스킬을 파악합니다. 캐릭터에 맞는 최적의 무기를 지급합니다.]

무혁의 눈이 커졌다.
어? 진짜?
캐릭터의 상태에 맞는 무기라니.

['일몰하는 장검'을 획득합니다.]

서둘러 옵션을 확인해 봤다.

[일몰하는 장검]
물리 공격력 245
마법 공격력 270
절삭력 증가.
모든 스탯 +7
변형 마법 적용.
내구도 400/400.
사용 제한 : 모든 스탯 60.

정말 딱 필요한 옵션만 있었다. 물공, 마공, 절삭력과 스탯 증가, 그리고 변형까지. 게다가 각각의 옵션이 지닌 수치가 지금까지 봐왔던 무기 중에서도 최상급에 속했다.

전부 마음에 들었지만 그중에서도 모든 스탯을 7개나 증가시키는 옵션이 가장 마음에 들었다. 소환수에게 30프로만큼 영향을 미치기에 힘, 민첩, 체력, 지식, 지혜가 각각 2만큼 증가하게 되니까. 전력의 상승이 한눈에 보이리라.

그러면…… 기존에 쓰던 쿠르칸의 장검은 팔아도 되리라.

서둘러 경매에 올렸다.

현재의 무혁에게는 옵션이 많이 아쉽지만 100레벨 초반 유저에게는 최고의 무기나 다름이 없다. 72시간 정도면 작은 이슈 정도는 만들어낼 것이다. 자연스럽게 가격도 상승할 것이고.

[경매에 물품을 등록하셨습니다.]
[72시간으로 설정하셨습니다.]

조금은 기대하며 경매창을 닫았다.

자, 이제 보석인가.

뒤이어 보석 상자를 열었다.

[상급 토파즈를 획득하셨습니다.]
[상급 에메랄드를 획득하셨습니다.]
[상급 루비를 획득하셨습니다.]

이건 딱히 특별할 게 없었다.

그래도 비싸겠네.

귀족에게 판매하면 돈은 꽤 받을 수 있을 것 같았다. 흡족하게 웃으며 보석 세 개를 인벤토리에 넣고 마지막 상자를 개봉했다.

[특수 상자(특급)를 개봉합니다.]
[특별 보너스를 적용하여 캐릭터의 스탯, 스킬을 파악합니다.]
[캐릭터에 맞는 최적의 특수 아이템을 지급합니다.]

이번엔 과연 뭐가 나올까.

[칭호 '경험의 힘'을 획득합니다.]

아이템이 아니라 칭호였다.

"오오……!"

칭호라면 뭐가 나오더라도 환영이었다.

그래도 옵션 확인은 필수였다.

[경험의 힘]
모든 스탯 +5
모든 스킬 레벨 +1

짧았지만 강렬했다.

"스킬……!"

소름이 척추를 타고 올라오면서 그 희열이 머리까지 전해졌다. 왜냐고?

[스킬 '제작'을 마스터했습니다.]
[스킬 '강화'가 생성됩니다.]

떠오른 메시지가 바로 그 이유였다.

동굴에서 나오니 성민우와 예린이 보였다.

"오빠, 왔어?"

"왔냐."

"어. 다들 시험은?"

성민우는 미간을 찌푸렸고 예린은 부드럽게 웃었다. 표정만으로도 결과가 어떨지 대충 짐작이 되었지만 정확하게 확인하기 위해 다시 물었다.

"어떻게 됐어?"

"쩝, 말도 마. 나는 들어가자마자 그냥 상자 택했는데 갑자기 시험이 시작되더니 곧바로 끝나 버렸다고. 그게 시험인 줄

어떻게 알았겠냐고."

"그래?"

"어. 게다가 나온 건 완전 잡템. 쓰레기야, 쓰레기."

무혁이 크큭거리며 웃었다.

"웃지 마라, 안 그래도 스트레스받는데."

"미안, 미안."

시선을 옮겨 예린을 쳐다봤다.

"난 첫 번째 시험만 통과해서 괜찮은 무기 얻었어."

"오, 그래?"

"응, 직접 사용하려고."

"잘됐네."

"헤헤, 오빠는?"

"나?"

"응, 가장 늦게 나왔잖아."

"시험이 세 개더라고."

"우와, 세 개나 통과한 거야?"

"응, 그래서 보상도 3개 얻었고."

성민우가 끼어들었다.

"3개씩이나?"

"어, 무기랑 보석, 그리고 칭호."

"좋은 거냐?"

무혁이 씨익 하고 웃었다.

"장난 아냐."

"크, 부럽다. 아니지, 넌 그래도 돼. 맞아, 나 도와준 것만 해도 얼만데. 잘돼야지, 그럼. 으으으. 나도 시험인 줄 알았으면 좀 더 신중했을 텐데 아쉽다, 아쉬워. 연계 퀘스트도 없는 거 같던데. 하아."

"대신 내가 아이템 좋게 만들어줄게."

"음? 뭔 소리냐."

"나, 강화 배웠거든."

흐르는 침묵. 이어지는 소란.

"미, 미치이이인!"

"오빠, 진짜? 대박! 내 아이템부터 강화해 주라!"

"나두……."

"둘 다 해줄 거야."

"진짜지? 진짜?"

"그래."

"오우, 예! 역시 유어 마이 프렌드!"

"오빠, 그럼 이제 우리 마을 가는 거야?"

"그래야겠지?"

사실 무혁은 지금 강화라는 단어가 머릿속을 빼곡하게 메운 상태였다. 그래서 마을로 향해 대충 상황을 확인한 후 서둘러 아이템을 강화하고 싶었다.

"군마 소환."

그 마음을 담아 군마를 소환한 후 등에 올라탔다.

"간다?"

"오케이!"

성민우와 예린도 강화에 대한 기대감 때문인지 눈이 초롱초롱했다. 그래서일까. 무혁의 서두름에 자연스레 동화되더니 속도를 한계치까지 높였다.

한편 일루전TV를 시청하는 이들은 혼란에 휩싸였다.

-저기요, 님들아? 제 귀가 이상해진 건가요?

-ㅁㅊ, 지금 뭐라고 한 거임?

-다시 묻는데, 제가 잘못 들은 거 아니죠?

-나도 들었음. 강화 배웠다고 했음.

-리얼인가요?

-저, 방금 들어왔는데 이거 진짜임? 아님, 몰카?

-몰카는 무슨……ㅋㅋ

-농담 아닐까요? 얼마 전에만 해도 19레벨 초반이었는데요. 아무리 생각해도 그 짧은 시간에 20레벨까지 찍는다는 게 말이 안 됩니다. 버그라도 사용했다면 모를까요.

-일루전에 버그가 어디 있어요ㅋㅋㅋ

-ㅇㅇ, 오픈부터 버그 없는 게임이라고 알려졌는데…….

-혹시 모르죠, 뭐.

-버그는 아닌 것 같은데, 그래도 어떻게 된 상황인지는 궁금하네요.

-저도 궁금…….

-시야 모드를 없애 버려서, 메시지를 확인할 수가 없으니. 어떤 상황

인지도 파악이 잘 안 되네요. 보상으로 얻은 게 뭐 어떻게 된 건가…….

　-무혁 님, 채팅 한 번만 봐주시죠!ㅠㅠ

　-으으, 근데 진짜 정상적으로 배운 거면 대박이네요.

　-ㅋㅋㅋ안 그래도 센데 강화까지……?

　-허허…….

　-저는 한강에 갑니다.

　-같이 갑시다.

　-오세요, 오늘 저녁 8시까지 다들 모여서 한번 자괴감에 허우적거려
보자고요.

　-ㅋㅋㅋㅋㅋㅋㅋㅋ

　정확한 상황이 밝혀질 때까진 이 혼란이 한동안 이어질 것
으로 보였다.

　갑자기 정면에 나타난 저레벨 몬스터.

　키아아아악!

　놀라지도 않았는지 덤덤한 표정의 무혁이 군마의 등을 밟으
며 앞으로 튀어 나갔다.

　풍폭, 파워대시!

　몬스터와의 거리가 순식간에 좁혀지더니 어깨가 절로 움직
이며 놈의 가슴팍을 강타했다.

　퐈드득 하는 소리와 함께 몬스터가 뒤로 한참을 날아갔다.

[2,249의 대미지를 입힙니다.]

[4,049의 추가 대미지를 입힙니다.]

[경험치를 획득합니다.]

떠오른 대미지에 절로 미소가 그려졌다.

"괜찮냐?"

"어! 가자!"

다시 속도를 높였다. 그렇게 얼마나 나아갔을까. 저 멀리 위브라 제국의 성문이 보였다. 속도를 늦추지 않고 워프 게이트까지 달려간 후에야 군마에서 내렸다.

"어서 오십시오!"

"헤밀 제국으로."

"알겠습니다. 금액은……"

헤밀 제국에 도착하자마자 성내로 이동했다. 앞을 지키고 있던 병사가 앞으로 나오며 창을 바닥에 쿠웅 하고 찍었다.

"멈추십시오!"

자리에 선 무혁과 일행들.

"무슨 일로 오셨습니까?"

품에서 귀족을 증명하는 패를 보여줬다. 헤밀 제국의 귀족임을 증명하는 것이었기에 병사는 예의를 표해야만 했다.

"아뮤르 공작님을 뵈러 왔다."

"아, 실례했습니다."

병사가 서둘러 문을 열어줬다.

성내로 들어서는 세 사람. 성민우는 뭐가 그리도 좋은지 웃고 있었고 예린은 극진한 태도가 어색한 모습이었다. 무혁이야 몇 번 경험해서 조금 익숙해진 상태였고.

"성내니까 걸어서 가자."

"오케이."

군마에서 내린 후 느긋한 걸음으로 아뮤르 공작이 기거하는 저택으로 나아갔다.

"크, 그보다 빨리 강화하고 싶어 죽겠네."

"나두."

성민우와 예린이 무혁을 빤히 바라본다.

"으으, 보석 팔고 재료 사서 마을로 간다고 했지?"

"오래 안 걸리겠지, 오빠?"

"어, 오래 안 걸려. 빨리 가서 강화해야지."

"으으, 좋다! 생각만 해도……!"

그러다 문득 의문이 떠올랐는지 고개를 갸웃거리는 성민우였다.

"참, 근데 생각해 보니까 강화를 벌써 배운 거냐? 많이 빠른 거 같은데."

"아까 말 안 했나?"

"뭐를?"

"보상으로 전체 스킬 1씩 올려주는 칭호를 받았다고."

"헐, 말 안 했거든."

"그래? 기존에 있던 칭호까지 하면 스킬 레벨이 2씩 올라가서 이번에 마스터 찍은 거야."

"그랬구만. 진짜 대단하다."

"뭐가?"

"지니고 있는 칭호나 아이템이 급이 다르잖냐."

"운이 좋았지. 덕분에 선두에 섰고. 또 그렇게 앞서가다 보니까 조금씩 이득도 보는 거고."

"그렇지."

"그렇다고 후발 주자가 또 손해를 보는 것도 아니니까. 그치, 오빠?"

"맞아, 알려진 정보로 빠르게 성장이 가능하잖아. 게다가 일루전이 워낙에 방대해서 아직도 숨겨진 게 많기도 하고."

"인정."

대화를 나누는 사이 목적지에 도착했다.

"오랜만에 뵙습니다."

"네, 오랜만이네요."

저택을 지키는 기사와 안면이 있는 덕분에 대화가 쉽게 이어졌다.

같은 시각. 무혁의 채팅방이 단번에 정리되었다.

-칭호였군요.

-와, 칭호만으로 스킬을 전부 2레벨씩 올린다고요?

-진짜 다 쓸어가네요.

-방금 전에도 무혁 님이 말했듯이, 숨겨진 게 더 많습니다. 찾아보세요.

-못 찾으니 그러죠…….

-결국 능력 차이임. 현실이든 가상현실이든 마찬가지임.

-어딜 가나 재능충이 넘치네요ㅠㅠ

-슬픈 진실이군요.

-뭐, 슬프긴 한데 그것보단 흥미가 더 깊네요. 저는 이거 홈페이지에
퍼갑니다.

-저도…….

-왜 퍼가나요?ㅎ

-무혁 님이 두 번째 강화 스킬 획득 유저니까요ㅋㅋ

-어, 진짜요?

-ㅇㅇ.

-크, 이거 또 이슈화되겠네요.

-무혁 님 게시글 아직도 1위던데……ㅋㅋ

-일루전을 이끌어 가는구만.

-그래서 시청할 수밖에 없음…….

-그런 의미로 쿠폰 투척!

-전 강화 실패 뜨면 쿠폰 드릴게요^^

-실패를 기원해야 하는 건가…….

-지능적인 안티팬.

-ㅋㅋㅋㅋㅋㅋㅋㅋㅇㅈ

채팅창에 글이 빠른 속도로 치솟아 오른다. 쿠폰도 꽤 올라

왔고.

　물론 무혁은 채팅방의 분위기를 조금도 예상하지 못한 채 성민우, 예린 두 사람과 함께 아뮤르 공작의 집무실에 자리를 잡은 상태였다.

　"또 보는군그래, 일단 앉게나. 자네들도."

　"감사합니다."

　"보석을 가지고 왔다고?"

　"네."

　무혁이 토파즈, 에메랄드, 루비를 꺼냈다.

　"호오, 봐도 되겠나?"

　"그럼요."

　보석을 앞으로 내밀었다.

　아뮤르 공작이 눈매를 좁히며 보석을 세심하게 살폈다.

　"으음, 호오."

　중간중간 탄성이 들려온다. 한동안 보석에 시선을 빼앗겼던 그가 고개를 들어 무혁을 직시했다.

　"아주, 아주 좋군."

　"다행이네요."

　"그래, 얼마면 되겠나."

　가격을 바로 말하긴 어려운 상황이다.

　최선의 방법은? 상대방을 띄워주는 것이다.

　"공작님의 안목을 믿겠습니다."

그 말에 아뮤르 공작이 웃었다.

"허허, 이런."

무혁이 저 말을 던진 순간 가격을 낮출 수가 없어졌다. 가격을 낮추면 스스로의 안목이 떨어짐을 시인하는 꼴이 되니까. 귀족, 그중에서도 가장 높은 자리에 위치한 공작이라면 절대 그런 선택을 하진 않으리라.

"그럼 하나 묻지."

"네."

"돈을 원하나, 아니면 다른 것을 원하나?"

"다른 것도 됩니까?"

"물론이지."

순간 한 가지 생각이 떠올랐다.

"혹시 몇 가지 재료를 무제한 공급하는 것도 가능한지."

"무제한 공급은 힘들겠군. 기간을 정하면 또 모르겠지만. 재료부터 들어볼 수 있겠나?"

무혁은 강화에 필요한 재료를 언급했다.

"주철, 흑철, 흑표범의 송곳니……."

5가지의 재료를 말하자 아뮤르 공작이 고개를 끄덕였다.

"그 정도라면 3개월은 가능하겠군. 물론 다른 이에게 판매할 수 없고 자네가 아닌 다른 누구도 그 재료를 사용할 수 없다는 조건이 붙겠지만."

"으음."

"아니면 보석 하나에 5천 골드씩은 어떤가."

3개니까 총 15,000골드다. 현금으로만 따져도 1억 5천만 원이라는 거금이었다.

뭐가 더 이득일까.

3개월간 강화 재료의 무제한 공급? 아니면 15,000골드?

고민은 길지 않았다.

"재료를 무제한으로 공급받겠습니다."

"다시 말하지만 3개월일세."

"네."

"좋아, 그럼 그렇게 하지."

조금만 생각해 봐도 재료의 공급이 훨씬 이득임을 알 수 있었다. 재료의 수급에도 시간이 걸리는데 일단 그 시간이 줄어든다. 공짜로 얻은 재료라 아낌없이 사용할 수 있기에 강화 스킬의 레벨을 극단적으로 빠르게 올릴 수 있다. 끝이 아니다. 강화에 성공한 무구를 유저들에게 판매한다면 과연 어떻게 되겠는가. 상상 이상의 돈을 벌지도 모른다.

"잠깐 기다리게."

"아, 네."

아뮤르 공작이 서류 두 장을 꺼내더니 만년필로 무언가를 적었다.

"받게나."

아뮤르 공작이 보증하는 서류와 계약서였다.

"보증서와 계약서일세. 일단 계약서부터 설명해 주지. 앞서 말했듯이 무제한으로 공급받는 재료의 경우, 누구에게도 판매할 수 없고 다른 이와는 거래할 수 없다는 내용을 담고 있다네. 신전에서 만들어지는 계약서로 지키지 않을 경우에는⋯⋯."

"저도 몇 번 사용했던 적이 있습니다."

"오, 그런가? 그럼 더 자세한 설명은 생략하겠네. 계약부터 하지."

계약서를 체결한 후 보증서를 받았다.

"이 보증서를 가지고 성내에 있는 상점으로 향하면 원하는 물건을 줄 걸세. 주철이나 흑철은 대장간에 가야 할 것이고, 송곳니 같은 건 잡화점에 가면 되네."

"감사합니다."

"나도 고맙네. 이 정도 보석이면⋯⋯."

아뮤르 공작이 흡족하게 웃는다.

"하하, 아무튼 다음에 보게나."

"네."

집무실에서 나온 세 사람.

"와, 대박! 무제한 재료 공급이라니⋯⋯!"

"좀 대박이긴 하지."

"오빠, 그럼 계속 강화할 수 있겠네? 다른 아이템들도?"

"그렇지. 물론 사냥도 하면서."

"응? 사냥도 같이? 강화에 집중하는 게 아니구?"

"강화에도 집중할 거야."

예린이 고개를 갸웃거렸다.

"어떻게?"

"내 직업이 뭐냐."

"그야 당연히 네크로맨서……."

"그래, 난 강화하고 스켈레톤은 사냥하면 되지."

그제야 이해한 예린이었다. 입이 떡하니 벌어졌다.

"와……."

생각만으로도 사기스럽지 않은가.

무혁은 서둘러 걸음을 옮겼다.

"일단 재료부터 쓸어 담자고."

먼저 대장간에 들렀다.

"어서 오십시오."

"여기 주철하고 흑철 얼마나 있죠?"

"하하, 아주 많습니다."

"그럼 전부 주세요."

"어이구, 그 많은 것을요? 어디 보자, 일단 주철만 해도 가격이……."

무혁이 서류를 내밀었다.

"이건……?"

"읽어보세요."

서류를 확인한 대장간 주인의 표정이 일그러졌다.

"크, 크흠. 사실 주철이 그렇게 많지가……."

"아뮤르 공작님을 불러와야겠군요."

"하, 하하. 농담입니다. 농담. 잠시만 기다려 주십시오!"

주인이 주철과 흑철을 가지고 나왔다.

"여, 여기 있습니다."

"상자 하나인가요?"

"아, 이게 마법 상자라서 안에 엄청난 양이 담겨 있습니다."

[마법 상자]

주철석(1,291개).

흑철석(1,552개).

정말 어마어마한 양이었다.

"마, 많군요."

"그럼요. 어마어마하게 많죠. 피땀을 흘려서 모은 건데요. 보증서만 아니었어도……."

"예?"

"아, 아닙니다. 물론 아뮤르 공작님이 충분히 보상을 내려주신다고 하셨으니 걱정하지 않습니다만. 그래도……."

"아, 네. 아무튼 수고하세요."

"하, 하하. 사, 살펴 가십시오."

무혁은 피식하고 웃은 후 등을 돌렸다. 마법 상자를 인벤토리에 넣은 후 이번에는 잡화점에 들러 재료를 구입했다.

잡화점의 주인은 대장간 주인과는 다르게 보증서를 보자마자 곧바로 물건을 가지고 나왔다.

"여기 있습니다."

"고맙습니다."

"별말씀을요."

이 정도 재료라면 꽤 긴 시간 강화에만 집중할 수 있으리라. 정확힌 모르겠지만.

"그럼 이제 마을로 가자고."

"좋지."

워프게이트를 이용하여 아벤소 마을로 이동한 후 군마에 탑승했다. 1시간 정도를 달린 끝에 드디어 목적지인 칼럼 마을이 눈에 들어왔다. 떠날 때와는 달리 상당히 활발한 기운이 흘러나오고 있었다.

"유저도 꽤 있는 거 같은데?"

"진짜네."

사실 예전과 비교해도 활발하다는 이야기지, 이곳에 처음 오는 유저들은 너무 조용하다면서 투덜거릴 수준이었다. 내부로 들어선 무혁은 라카크의 집으로 향했다. 노크를 하고 크게 불러봤지만 아무런 반응이 없었다.

"자리에 안 계신가."

그때 지나가던 청년이 무혁을 알아보곤 인사를 해왔다.

"촌장님?"

"아, 오랜만이에요."

직업이 목수였던 사내, 요한이었다.

"하하, 저 기억하세요?"

"목책 세울 때 제일 빨리하셨잖아요. 이름도 요한, 맞죠?"

"어, 맞아요. 이름도 알고 계시네요."

"그럼요."

그 순간 메시지가 떠올랐다.

[요한의 충성도가 소폭 상승합니다.]

아쉽게도 등급이 오르진 않았다.

그래도 이게 어디야.

이름 한 번 불러준 게 전부였으니까.

"그런데 라카크 임시 촌장님은 어디 계신지."

"북쪽 토지 상태가 어떤지 매일 확인하시거든요. 아마 거기에 계시지 않을까 싶은데요."

"아아."

"이제 곧 오실 거예요."

"그렇군요. 고마워요."

"별말씀을. 그럼 전 이만 가보겠습니다!"

"흠, 북쪽에 가 봐야 하나."

"멀어?"

"멀진 않아."

"그럼 군마 타고 가지, 뭐."

현재의 상황을 제대로 들어보기 위해서라도 지금은 라카크를 만나는 게 좋았다.

"그래, 가자. 군마 소……."

군마를 소환하려는 순간.

"어, 잠깐만. 저기 오는 할아버지 아냐?"

성민우의 말에 고개를 돌렸다.

느긋한 표정으로 걸어오고 있는 라카크가 보였다.

제2장
무기 강화

라카크 역시 무혁을 발견한 모양이었다.

"촌장님!"

크게 부르며 다가오는 라카크. 그에 무혁도 그와의 거리를 좁혀 나갔다.

"잘 지내셨어요?"

"그럼요. 요즘 아주 좋습니다."

"다행이네요. 사람도 많이 늘어난 거 같고요."

"맞습니다. 전과는 비교할 수도 없을 정도로 활발하지요."

기분이 정말 좋은 모양이었다.

"북쪽 토지도 상황이 좋더군요."

"그래요?"

"네, 지금 싹이 나고 있답니다. 조금만 더 있으면 한동안 먹을 식량이 나올 겁니다."

게임 시스템이기에 곡물의 성장 속도가 엄청나게 빨랐다.

"광산은 오늘 마무리가 된다고 들었습니다."

"오늘이라……."

"네, 개발이 완료되면 인부를 고용해야 할 터인데……."

"걱정하지 마세요. 책임자에게 잘 말해둘 테니까요."

"그러면 감사할 뿐이지요."

"총책임자는 어디에 있는지 아세요?"

"아, 마을에 있을 겁니다. 어디 보자……."

라카크가 주변을 둘러본다.

"저기가 여관인데 안에서 쉬고 있을 겁니다."

"같이 가시죠."

무혁은 라카크와 동료들을 이끌고 여관으로 향했다. 안으로 들어가니 흑맥주를 마시고 있는 일단의 무리를 발견할 수 있었다. 한 명의 기사가 무혁을 알아본 모양인지 옆에 있는 사람에게 무언가 중얼거렸다. 그러자 사내가 몸을 일으키더니 웃으며 다가왔다.

"무혁 남작님, 맞으신가요?"

"아, 네."

정확하게는 준남작이지만.

"여기서 뵙게 되네요. 저는 광산 개발 책임자 료칸입니다. 아뮤르 공작님께서 모든 지원을 아끼지 말라고 하셔서 뵙기를 기대했는데 제가 도착한 날에는 안 계시더군요. 오늘에서야 이렇게 이야기를 나눌 수 있게 되었네요."

"어디를 좀 다녀오느라고요."

"바쁘셨군요."

"네, 그런데 벌써 일이 마무리되었다고 들었습니다."

"맞아요. 이제 인부를 고용해야 할 때죠."

"마을 사람들을 1차적으로 고용해 주시면 좋겠습니다."

"알겠습니다. 그렇게 하죠."

뒤에 있던 라카크가 안도의 표정을 지었다.

"일단 앉으시죠."

"그럴까요?"

"네, 여기 음식이 맛있더군요. 간단하게 먹으면서 앞으로 어떻게 일을 할지 간단하게 상의는 해야 할 것 같으니까요."

무혁은 고개를 끄덕이며 앉았다. 나온 음식들을 먹으면서 책임자와 이런저런 대화를 나눴다. 새로운 이야기는 없었다. 지금까지 알고 있던 사실들이 전부였으니까.

충분히 의견을 주고받은 후 여관에서 나와 라카크에게 다시 마을을 부탁했다.

"잠깐 남쪽에 갔다 와야 할 것 같아서요."

"아니, 촌장님. 또 어디를……."

"아침에 나갔다가 저녁에 들를 겁니다."

"그러시다면……."

"매일 상황이 어떻게 흘러가는지 간략하게 알려주세요."

"알겠습니다."

곧바로 군마를 소환하여 탑승한 후. 성민우와 예린, 두 사람과 함께 남쪽으로 내려갔다.

홈페이지에 올라온 글 하나.

[제목 : 두 번째로 강화를 배운 유저!]
[내용 : 놀랍게도 대장장이 직업을 가지고 있지 않음에도 불구하고 포르마 대륙에서 두 번째로 강화를 배운…….]

그것을 읽는 사내가 미간을 좁혔다.

"뭐야, 이건."

조폭 네크로맨서가 벌써 강화를 배웠다는 게 말이나 되는 소리인가.

현재 대장장이 랭킹 1위로서 굳건한 자리를 지키고 있는 사내, 일루전에선 지량이라는 캐릭터를 키우는 그가 말도 안 된다는 표정으로 다시 글을 읽었다.

"허어."

다시 읽어도 마찬가지였다. 장난인지, 진짜인지…… 직접 두 눈으로 확인해야 할 것 같았다.

일루전TV라.

-빨리 강화부터…….

-○○, 궁금하네요. 어서 보여주세요!

강화 이야기가 흘러나오고 있었다.
"흐음."
아직은 단정 지을 수 없었다.
지켜보자.
한동안 마을에 있던 무혁이 일행과 함께 남쪽으로 내려갔다. 적당한 곳에서 멈추더니 스켈레톤을 소환했다. 일행들 역시 범상치가 않았다.
해골에 정령, 다람쥐까지. 게다가 거대한 저 녀석은 뭐란 말인가.
저 정도 수준의 조폭 네크로맨서가 강화까지 배웠다?
다시 생각해도 믿기지 않았다. 마치 모든 것을 해부할 것처럼 날카로운 시선으로 화면을 뚫어져라 응시했다.
걸려라, 뭐 하나라도.
그때 무혁이 갑자기 자리에 앉았다.

-시작하는 거냐?
-어.

정령을 소환한 자가 질문했고, 무혁은 대답했다.
그런데 도대체 뭐를 시작한다는 걸까.

-일단 실험부터 해보자고.

-우리는 그럼 사냥한다?

-응, 사냥하고 있어.

-오빠, 실험 끝나면 불러.

-그래.

멀어지는 사내와 여인. 홀로 남은 무혁이 1회용 제작 도구를 꺼내더니 망치를 손에 쥐었다. 그러곤 허공에다가 몇 번 손짓을 한 후 인벤토리에서 꽤 좋아 보이는 검 한 자루를 꺼냈다. 그 순간 방청자를 의식한 듯, 고개를 드는 무혁.

-크흠, 강화 시작하겠습니다.

그 말과 함께 망치를 내리꽂았다.

카아앙!

같은 행동이 반복된다.

붉은 점을 맞추는 거겠지.

지량은 유심히 그가 하는 행동을 지켜봤다.

아직은 몰라, 아직은. 단순히 카피일지도 모른다.

그 순간 빛이 뿜어지더니 무기에 흡수되었다.

-성공했네요. 깐 시야 공유를 하겠습니다. VR을 이용해서 제 시야를 보시면 무기의 상태를 확인할 수 있을 겁니다.

설정에서 시야 공유를 하는 무혁. 지량은 서둘러 VR를 꺼 낸 후 시야 공유 옵션을 On으로 만들었다. 그러자 무기의 옵 선이 화면에 잡혔다.

[광란의 장검+1]
물리 공격력 170+17
모든 스탯 +2
추가 공격력 +9
공격 속도 +3%
이동속도 +3%
절삭력 증가.
내구도 : 400/400
사용 제한 : 힘 70, 민첩 80.

그럼에도 지량은 현실을 부정했다.
원래 1강이었을지도 몰라!
그때 무혁이 다시 망치질을 시작했다.

-2강도 성공했네요.

그리고 보이는 아이템 정보.

[광란의 장검+2]

물리 공격력 170+36

……

정말로 2강이 되어 있었다.

"……."

이젠 인정하지 않을 수가 없었다.

정말이었어.

대장장이도 아닌 유저가 포르마 대륙에서 두 번째로 강화를 배워 버린 것이다. 한동안 멍하니 화면을 바라보던 지량은 정신을 차리고선 VR을 벗었다.

"후우."

눈동자가 뜨겁게 타올랐다.

따라잡힐 순 없지.

강화 레벨을 올릴 이유가 생긴 것이다.

서둘러 일루전에 접속했다. 기다리고 있는 유저 몇 명이 보인다.

"좀 늦었죠, 죄송합니다."

"괜찮아요."

"그럼 바로 강화를 시작하죠."

예약이 되어 있는 유저들의 무구를 강화하기 시작했다.

같은 시각. 무혁은 실패 없이 4강까지 성공했다.

"후우."

최소 5강 이상을 만든 후 판매할 생각이었다.

어차피 시험용이었으니.

망치를 휘둘러 붉은 점을 맞췄다.

1강보다 2강이, 2강보다는 3강이, 3강보다는 4강이, 그리고 4강보다는 5강에서의 붉은 점이 더욱 작았다. 그렇기에 그것을 완벽하게 맞추는 건 어려운 일이었다.

카앙! 이번에는 실패.

[강화도가 떨어집니다.]
[현재 강화도 : 2%]

두 눈을 뜨며 다시 내리꽂았다.

[강화도가 상승합니다.]
[현재 강화도 : 6%]

다시 한번 성공했고 강화도가 10퍼센트에 도달했다.

카앙! 이번에는 실패.

그렇게 반복되는 와중에 어렵게 강화도를 100퍼센트까지 맞췄다.

제발……!

속으로 기원하게 되었다 강화에 성공하기를.

[강화에 성공합니다.]
[강화 수치가 증가합니다.]

다행스럽게도 성공이었다.

"하, 하하."

한 번의 실패도 없이 5강까지 와버린 것이다.

초심자의 행운인가.

웃으며 옵션을 확인했다.

"크으."

공격력이 무려 300에 달했다. 사용 제한이 낮은데도 이 정도 수준의 공격력이니 가격도 상당히 받을 수 있을 것이 분명했다. 게다가 방청자도 있으니 자연스럽게 홍보도 될 것이고.

"5강에도 성공했네요."

막상 이렇게 되니 고민이 되었다.

6강까지 해봐?

생각하던 무혁은 방청자의 생각이 궁금해서 일루전TV를 작은 화면으로 켰다.

-무혁 님! 고고!
-6강 가요!

-6강 가면 쿠폰 쏩니다!

-제발 6강 가요ㅠㅠ

-구경하고 싶다고요!

-여기서 멈추면 너무 아쉬운데요…….

-한 번만 더 하죠.

-지금까지 연달아 성공했으니 6강도 가능함. ㄱㄱㄱ!

-갑시다!!!!!!

방청자의 뜨거운 호응.

그래, 까짓것. 어차피 재료는 넘친다. 게다가 고강화를 성공해야 강화 스킬 경험치도 많이 오르니까.

설혹 실패해서 수치가 4로 떨어진다고 하더라도 5를 만드는 건 어렵지 않은 일이리라. 그렇게 합리화를 하면서 망치를 들었다.

"6강도 시도하겠습니다."

검의 곳곳에 붉은 점이 생겨났다. 전보다 훨씬 작았다. 집중하자, 집중. 붉은 점을 맞히지 못하는 횟수가 늘어날수록 강화에 성공하는 확률도 떨어지는 법. 물론 이런 사실은 아직 밝혀지지 않았다. 하지만 강화를 배우고 몇 번 시도하다 보면 자연스럽게 깨닫게 되는 정보일 뿐이었다. 대장장이 랭킹 1위라는 지량 역시도 알고 있을 것이 분명했다.

실수를 하지 않기 위해서라도 집중력은 필수였다. 무혁은 심호흡과 함께 집중력을 고조시킨 후 망치를 휘두르기 시작했다.

카아앙!

몇 번이나 휘둘렀을까. 빛이 뿜어지고. 그 빛이 무기에 흡수되었다.

돼, 됐다……!

절로 환호성이 튀어나왔다.

"으라차차!"

이내 얼굴을 붉히며 헛기침을 한 후.

"6강에 성공했습니다."

그러곤 옵션을 확인했다. 그러자 오른쪽 하단에 작게 띄워 놓았던 채팅창이 다시 한번 들썩이기 시작했다.

-커허어업……!

-또, 또 성공이라고요?

-강화가 그렇게 잘되는 건가요?

-그것보다 공격력이 얼마죠?

-VR 시청자분들! 알려주세요!

-크흠, 공격력 345네요.

-ㄷㄷㄷㄷㄷ…….

-미쳤다, 미쳤어ㅋㅋㅋㅋㅋㅋㅋ

-저도 강화해 주세요ㅠㅠ

-저부터 좀…….

-하, 저 무기 갖고 싶다, 리얼.

-저도 강화 배우러 갑니다…….

채팅을 보던 시선을 돌려 무기를 다시 확인한다.

크으. 345라니.

엄청난 수치에 손이 떨려왔다. 이 정도라면 엄청난 금액에 판매가 가능하리라.

확인 절차는 충분히 끝났다고 볼 수 있었기에 광란의 장검을 경매장에 72시간 입찰로 올린 후 성민우와 예린을 불렀다.

"오빠, 잘됐어?"

"어, 방금 6강까지 성공했어."

"헐, 미친. 진짜?"

"응, 경매장에 올렸으니까 확인해 봐. 무기 이름은 광란의 장검."

성민우와 예린이 손을 움직이고.

"허어얼……!"

"오, 오빠. 무, 무기 대미지가 왜 이래……?"

"6강이니까."

"오빠……!"

예린이 무혁을 사랑스레 쳐다본다.

그 시선을 어찌 이길까.

"그래, 예린이부터 강화하자."

"헤헤, 고마워! 사랑해!"

옆에 있던 성민우는 속으로 커플 지옥을 외치며 다음 차례를 확정받았다. 그러는 동안에도 무혁의 소환수들은 여전히 몬스터와 사투를 벌이고 있었다.

[경험치가 상승합니다.]
[경험치가…….]

경험치는 덤이었다. 경험치가 대략 3퍼센트 정도 차올랐을 즈음. 예린의 무기와 방어구를 전부 5강이 되었다. 그리고 다시 추가로 경험치가 3퍼센트 정도 더 차올랐을 땐 성민우의 무기와 방어구 역시 전부 5강까지 맞출 수 있었다.

"후아."

"오빠, 피곤하지?"

"어, 조금."

"엄청 고생했어. 좀 쉬어."

"그럴까."

"응, 근데 진짜 5강 정도 되니까 옵션이 엄청나."

옆에 있던 성민우가 얼굴을 내밀었다.

"맞아, 맞아. 공격력도 공격력인데 방어력이랑 HP가 무시무시하게 오르는데? 이거 근질거려서 도저히 그냥 못 있겠다. 몬스터 좀 쓸고 올게!"

그에 예린도 안절부절못한다. 한눈에 보였다. 그녀 역시 강화를 거친 아이템을 시험해 보고 싶은 것이리라.

"갔다 와."

"으, 응?"

"아이템 성능 궁금하잖아."

"오빠 심심하잖아."

"괜찮아. 어차피 또 강화해야 하니까."

"그래도 돼……?"

"응, 나 집중하면 알잖아. 말 상대도 못 해주는 거."

"으응, 알겠어. 그럼 근처에서 사냥하고 있을게."

예린도 다람쥐를 소환하여 몬스터에게 달려들었다.

쩝, 재밌어 보이네.

계속 망치질에만 집중하려니 정신력이 소모되는 기분이었다. 차라리 사냥을 하는 게 더 편할 것 같았다. 하지만 이 좋은 기회를 사냥으로 날려 버릴 순 없었다. 재료가 무제한으로 공급되는 시간, 3개월. 그 안에 최대한 강화 스킬의 레벨을 올려야만 했으니까.

과연 몇 레벨까지 가능할까?

[강화 3Lv(19%)]
무구를 강화시켜 보다 뛰어난 능력치를 지니게 만든다.

현재 3레벨 19퍼센트, 아직 갈 길이 멀었기에 다시 인벤토리에 있던 아이템 하나를 꺼냈다. 꽤나 쓸 만한 옵션의 방패였기에 강화해 판매할 생각이었다.

후, 시작하자.

망치를 손에 쥐고. 강화.

스킬을 사용하니 방패의 곳곳에서 붉은 점이 반짝거렸다.

"후읍!"

힘을 주어 강하게 내려쳤다.

카앙!

붉은 점 하나가 사라지면서 강화도가 올라갔다.

[강화도가 상승합니다.]

[현재 강화도 : 4%]

다시 붉은 점을 노리며 망치를 휘둘렀다.

카앙!

1강을 마치고. 2강, 3강, 4강. 그리고 5강에 도전했다.

[강화에 실패하셨습니다.]

[강화 수치가 1만큼 하락합니다.]

실패하면서 3강이 되어버렸다.

미간을 찌푸리는 무혁.

다시……!

이번에는 5강까지 다이렉트로 성공할 수 있었다. 경매창을 연 후 72시간 입찰 방식으로 등록했다. 이후 적당한 무기를 경매장을 돌아다니면서 적당한 무기와 방어구를 모두 구입했다.

경매창을 끈 후 인벤토리에서 검을 꺼낸 후 강화를 시도했다. 실패와 성공을 반복하면서 어렵게 6강에 올랐다. 마찬가지로 경매장에 입찰 방식으로 등록한 후 갑옷을 들어 올렸다. 180골드짜리였는데 이것 역시 최소한 5강까지는 만든 후에 판매할 생각이었다.

스윽.

망치를 손에 쥐려는데.

[경험치가 상승합니다.]

리젠이 되었는지 다시 경험치가 오르기 시작했다.

"흐읍!"

무시한 채 붉은 점을 내리꽂았다.

[현재 강화도 : 4%]

모든 것이 순조롭게 흘러갔다.

일루전 홈페이지를 통해 정보를 접하는 유저도 많지만 그렇지 않은 유저도 못지않게 많았다. 지금 무료한 표정을 짓고 있는 달음박질 유저 또한 마찬가지였다. 정보를 모르니 당연히 일루전의 전체적인 흐름에 대해서도 무지하게 된다. 하지만 그들은 또 그들만의 방식으로 게임을 알아가기에 그것이 꼭 나쁘다고만은 할 수 없었다.

달음박질의 경우에는 경매장을 보면서 일루전의 전체적인 흐름을 파악하는 스타일이었다. 물론 가장 중요한 건 좋은 아이템을 획득하는 것이겠지만.

"하아, 좋은 무기도 없고."

"또 경매장 보냐."

"뭐, 그렇지. 경매장에 아이템 나오는 수준만 봐도 유저들 레벨이나 흐름 정도는 대충 파악할 수 있잖아."

"그러냐? 그런 걸로 파악을 하는 네가 신기하다. 그냥 홈페이지 보면 될걸."

"귀찮아, 홈페이지는."

"옵션에서 그냥 켜기만 해도 되는 걸."

"글도 너무 많고. 복잡하니까."

"그래, 넌 컴맹이었지."

"어허, 컴맹이라니. 세상의 발전이 너무 빠를 뿐이라고."

"그래, 그렇다고 치자. 근데 괜찮은 아이템은 좀 있냐?"

"뭐, 아직은 없지. 진짜 사용 제한만 조금 낮춰줘도 좋을 텐데……"

좋은 아이템은 사용 제한이 높았다. 사용 제한에 걸리지 않는 아이템은 옵션이 후졌고. 그 탓에 마음에 드는 아이템을 발견하는 게 쉽지만은 않았다. 하지만 가끔 정말 괜찮은 게 나와서 경매장을 살펴보는 걸 멈출 수가 없었다.

"크큭, 없을 줄 알았다. 난 제작이나 하련다."

"갑자기 웬 제작?"

"모르냐? 요즘 유행이잖아. 제작 정도는 직접 배워서 틈틈이 익히는 게 좋다더라고. 나중에 마스터 찍으면 강화 스킬 생기니까."

"언제 마스터를 찍어."

"언젠간 찍겠지."

"그냥 강화 배운 대장장이한테 받고 말지."

"나중에 되어봐라. 다 돈이다."

"하긴, 그런가."

반투명한 창으로 옵션을 하나씩 확인하던 달음박질.

"어……?"

"왜? 또 옵션은 겁나 좋은데 사용 제한이 병신이냐?"

"어, 아, 아니."

"음? 그럼?"

"대박, 사용 제한도 딱 맞는데 옵션까지 좋아! 게다가 5강짜리 활이야!"

"뭐……?"

"5강짜리 활이라고, 5강!"

"와, 아직 강화 스킬 배운 사람이 둘밖에 없는 걸로 아는데. 그 두 사람 중에서 한 명이 파는 거겠네."

"두 사람? 누구?"

"하, 이 무식한 놈. 지량이랑 무혁이잖아."

"아, 그런 거 몰라."

"쩝, 그래서 활 이름이 뭔데? 나도 보게."

"어, 학살하는 장궁."

"어디 보자, 학살하는 장궁이라……."

[학살하는 장궁+5]

물리 공격력 200+135

힘 +5

추가 공격력 +15

공격 속도 +3%

관통력 증가.

내구도 : 280/280

사용 제한 : 힘 70, 민첩 70.

장궁의 특성상 기본 공격력 자체가 높았다. 강화로 인해 135가 더 증가했고 관통력 증가와 힘 증가, 추공도 최상의 수준이었다.

"미친, 뭐야, 이거!"

"대박이지……?"

"공격력만 해도 335잖아! 게다가 사용 제한도 낮은데?"

"그러니까!"

"와, 진짜 쩐다, 이거는."

잠시 고민하던 달음박질이 묵직한 목소리를 내뱉었다.

"이거, 내가 산다."

지금이 바로 비상금을 꺼내야 할 때였다.

●

같은 시각.

"부길드장님!"

"뭐야?"

"지금 무혁이란 유저가 올린 각종 무구들이 경매장에 올라 오고 있다는데 어서 선점을 해야 한다면서 간부 유저 전원 소 집했습니다!"

"뭔 헛소리야. 오늘 지량한테 강화 받기로 예약해 놨다고."

"저기, 그 강화 문제이기도 한데……."

"아, 몰라. 나 바빠."

"꼭 오시라고……."

"바쁘다고!"

"안 오면 탈퇴시킨다고……."

"……."

그에 부길드장이란 자가 동작을 멈췄다.

"아, 젠장. 도대체 뭔 일이기에! 별일 아니면 다 죽었어!"

씩씩거리면서 도착한 대회의실.

콰앙!

문을 열고 길드장의 맞은편에 앉았다.

"도대체 뭔데!"

"경매장 열어서 내가 부르는 아이템 확인해 봐. 블러드 소드, 불타는 대검, 거대한 방패……."

일단은 말을 따르는 부길드장이었다.

블러드 소드. 5강이라는 수치에 눈동자가 흔들린다.

불타는 대검. 6강……?

거대한 방패는 5강이었다.

"뭐, 뭐냐, 이거?"

"뭐긴. 고강화 무구들이지."

"지, 지량이 만든 건가?"

"아니, 무혁."

당연히 알고 있는 유저다.

랭커. 최단 기간 팁게시판 1위. 일루전TV 순위 1위.

각종 이슈를 몰고 오는 자.

"무혁……?"

하지만 이해가 되지는 않았다. 그는 조폭 네크로맨서니까.

"최근에 강화 스킬을 배웠다더라고."

"뭔 소리야."

"그건 나도 모르겠고, 중요한 건 그 유저가 고강화 아이템을 어제만 10개 이상, 오늘도 벌써 7개나 올렸다는 거야."

"허어? 수준은?"

"평균 5강. 몇 개의 아이템은 6강이고."

"엄청나구만. 그래서, 네가 하는 말의 요지가 뭔데?"

"구입하자는 거지."

"……."

"근데 자금이 부족해서 말이야. 간부들 모이면 상의한 후에 전부 동의할 경우 자금을 제대로 끌어모으려고."

길드 차원에서 아이템을 구입하면 확실히 장점이 많다. 가장 큰 장점 하나만 언급한다면 아이템의 양도를 들 수 있으리라. 고레벨 유저들이 사용하던 아이템을 같은 길드의 저레벨 유저에게 넘겨주는 것. 이런 방식을 취할 경우 초반에는 큰 금액이 들겠지만 갈수록 아이템 구입에 돈이 들지 않기에 장기적으로는 이득이 되는 것이다.

"넌 어떻게 생각해?"

"뭐, 5강에 6강 정도면 확실히 생각할 가치도 없지."

"음? 뭔 소리야."

"무조건 갖고 와야 한다고, 병신아."

"그렇지?"

"그래, 그리고. 무혁, 그 유저도 데려오고."

"그건 또 무슨……."

"최상위 랭커에 각종 이슈도 많이 몰고 왔지만 길드에 들었다는 이야기는 한 번도 들은 기억이 없단 말이야. 물론 강화 스킬을 배웠다는 소리도 처음 듣지만. 아무튼, 알아볼 가치는 있는 거 같은데?"

길드장의 눈이 커졌다. 망치로 뒤통수를 맞은 기분이었다.

"그, 그러게?"

"길드에 가입된 게 아니면 데려오자고."

"허, 신기하단 말이지."

"뭐가?"

"넌 보면 정말, 아주 가끔씩 예리할 때가 있단 말이야. 그래서 부길드장에 앉혀놓은 거지만."

"참, 나. 그럼 평소에는 멍청하단 거냐? 그게 친구한테 할 소리냐."

"뭐, 사실이니까."

수다를 떠는 사이 다른 간부들이 들이닥쳤다.

다시 이야기가 진행되고.

"구입해야죠!"

"비상금 꺼내야겠네요."

그때 한 명의 간부가 말했다.

"그리고, 무혁 님 길드 없어요."

"확실해?"

"네, 제가 관심이 좀 있어서 주시하고 있었거든요."

"근데 왜 말 안 했어?"

"안 물어봤잖아요. 뭐, 길드 가입 권유해 보면 되죠?"

"그래, 네가 맡아라."

"예썰!"

"그리고 너는……."

이후로 몇 가지 지시를 내린 클레어 길드장이 자리를 파했다. 홀로 남은 길드장은 어쩌면 무혁이 같은 길드 소속이 될 수도 있다는 생각에 미소를 지었다.

그렇게만 되면…… 단숨에 최상위권으로 도약하리라.

하지만 그는 몰랐다. 같은 생각을 하고 있는 유저가 꽤나 많다는 사실을 말이다.

상위 길드에서 무혁을 길드에 영입하라며 유저들을 보내는 사이에 광산 개발이 완벽하게 마무리되었다. 덕분에 칼럼 마을의 사람들이 광산 개발 인력에 고용되었고 선금으로 일부의 돈을 받게 되었다. 조금이지만 경제가 활성화되기 시작했다. 돈이 생기니 먹을 것을 찾게 되고 장사를 하는 이들은 영업이 되니 식재료가 필요해진다. 식재료를 구하기 위해 움직이는 아낙들, 그것만으로는 부족해서 다른 마을로 상행을 떠나는 이들까지.

과거보다는 훨씬 여유로움이 생긴 칼럼 마을이었다.

이름 : 무혁

작위 : 준남작

영지 : 칼럼 마을

인구수 : 871명

영지 명성 : 29

치안 상태 : 나쁨

발전도 : 최하

물론 발전도는 여전히 최하였다.

그래도 치안 상태는 한 단계 좋아졌어.

게다가 영지의 명성이 올랐다. 그게 가장 큰 수확이었다. 영지 명성이 올라야 NPC가 찾아와서 정착하기 때문이다.

좀 자세하게 볼까.

발전도를 지그시 눌렀다.

마을 자금 : 15골드

세금 : 60%

건축 레벨 : 1

마을 자금이 들어와 있었다.

15골드? 어디서 들어온 건지 궁금했지만 일단은 넘기고 건축 레벨을 눌렀다.

건축 레벨 : 1(85%)

여관, 음식점, 잡화점, 도축장 건축 가능.

아직은 가장 간단한 수준이었다.

85퍼센트라.

건축을 해야 경험치가 오르기에 몇 개의 건물을 더 지어야 하는 상황이었다. 무혁은 고민하다가 식당과 음식점을 하나씩 추가로 짓기로 했다.

[여관 건축 계획을 세웁니다.]

[음식점 건축 계획을 세웁니다.]

그러자 얼마 지나지 않아서 라카크가 찾아오더니 무혁에게 말했다.

"촌장님?"

"아, 네."

"요즘 방문객이 늘면서 지낼 곳이 부족해졌습니다. 아무래도 여관과 늘어난 인구에 맞춰 음식점도 하나 정도는 더 지어야 할 것 같습니다."

이런 식으로 이어지는 것이었다.

"좋죠."

"그럼 바로 추진하겠습니다."

순간 무혁이 고개를 갸웃거렸다.

"자금은 있나요?"

"네, 시작할 자금은 있습니다. 청년들이 광산 인력에 고용되면서 선금을 받았거든요."

"아, 거기서……."

21골드라는 자금이 어디서 왔나 했더니, 선금으로 받은 돈에서 세금을 떼어낸 모양이었다.

미처 생각을 못 하고 있었네.

"제가 일단 세금을 맡아놓은 상태입니다. 건물을 세우면서 발생하는 중간 대금은 다음에 받을 세금에서 사용하면 되기에 큰 문제는 없을 것 같습니다."

"마을 사람이 몇 명이나 고용된 거죠?"

"총 250명이 고용되었습니다."

1명당 10실버를 선금으로 받았다.

거기서 6실버를 세금으로 낸 것이고.

총 15골드. 시스템에 나와 있는 수치와 딱 맞았다.

"세금이 지금 60퍼센트죠?"

"그렇습니다."

무혁은 손짓하면서 세금을 낮췄다.

"50퍼센트까지 낮추죠."

"예? 그렇게 되면 얻게 되는 세금이 적어져서 발전이 느려질 수 있습니다."

무혁은 고개를 저었다.

"대신 돈이 더 활발하게 돌 겁니다."

"아……."

사실 20퍼센트까지 낮추고 싶지만 너무 한 번에 크게 낮추면 처음에만 좋아할 뿐, 시간이 흐르면 왜 더 낮춰주지 않느냐면서 따질 뿐이다. 그렇기에 점진적으로 낮춰가는 방식을 택할 예정이었다.

뭐, 이게 다 내 생각은 아니지만.

과거, 무혁이 전신 마비로 지내던 시절. 이미 영지를 운영했던 많은 유저들이 시행착오를 겪으면서 정착된 보편적인 방법이었다.

"이견은 없으시죠?"

"물론입니다."

"그럼 바로 작업에 착수하세요. 나머진 맡기겠습니다."

"또 나가시려는 모양이군요. 조심해서 다녀오십시오."

무혁은 고개를 끄덕인 후 기다리고 있는 두 사람에게 다가 갔다.

"끝났냐?"

"어."

"오빠, 그럼 이제 출발?"

"응. 가자."

성민우, 예린과 함께 군마를 타고 남쪽으로 내려갔다. 1시간을 넘게 달렸음에도 누구 하나 불평을 토해내지 않았다. 아이템을 강화하면서 한층 더 강해졌고 그 탓에 기존의 사냥터가 너무 지루해진 까닭이었다. 조금 멀기는 하지만 제대로 전투를 할 수 있다면 이 정도 거리는 문제 될 게 전혀 없었다. 마침 무혁의 시야로 목표로 했던 몬스터가 들어왔다.

"저 녀석들이야."

"어디?"

"저기, 큰 놈."

"아……!"

넓은 초원을 빼곡하게 메운 155레벨 몬스터, 트롤킹이 보였다.

아머기마병의 돌진에 전신의 피부가 찢어졌다.

크워어어어!

비틀거리며 몸을 일으키는 트롤킹. 이미 놈의 상처가 모두 아물어버린 상태였다. 연이어 돌격하는 아머기마병의 공격에도 트롤킹은 피해를 입지 않았다. 아니, 피해를 입기는 했지만 HP의 재생률이 너무 높아서 상처가 모두 복구되어버린 것이다. 그사이 아머기마병은 트롤킹의 사방에 위치하게 되었고 지휘 권한이 있는 아머기마병1이 돌진을 명령했다.

-돌격하라!

인간에겐 들리지 않는 그들만의 언어로.

쿠와아앙!

허공을 채우는 무기들. 다시 한번 피부를 가르며 살점을 파고든다.

푸욱, 푹!

아주 깊숙하게.

트롤킹이 괴성을 지르며 나뭇가지를 채찍처럼 휘갈겼다. 사방에 있던 아머나이트가 뒤로 날아가고, 뒤이어 달려온 아머기마병과 검뼈들이 방패와 검을 휘둘렀다.

강한 일격! 수없이 쏟아지는 참격.

쾅, 콰과광!

그럼에도 무너지지 않는 트롤킹. 155레벨이 무색하지 않을 수준이었지만 스켈레톤 역시 그다지 큰 피해를 입은 건 아니었다. 가장 강력한 파괴력을 자랑하는 아머아처의 파워샷과 아머메이지의 마법이 여전히 대기 중이었다.

-뼈 화살을 날려라!

뒤에서 들려오는 아머아처1의 명령.

파워샷! 하늘을 수놓는 뼈 화살.

강한 힘이 실린 뼈 화살은 트롤킹도 무시하지 못할 수준이리라. 나뭇가지가 어지럽게 흔들리고 떨어지는 뼈 화살을 빠른 속도로 때렸다. 뼈 화살이 바닥에 흩날릴 때, 대기하던 메이지들이 마법을 쏟아냈다. 그 순간 트롤킹의 전신이 붉은빛으로 휩싸였다. 방어력과 재생력을 높여주는 스킬이었다. 그 위로 날아온 마법이 내리꽂힌다.

콰앙, 콰과과과쾅!

잠시간의 침묵. 뒤늦게 폭발하는 강력한 바람과 떨림이 주변을 집어삼켰다.

드러난 참상.

크, 크르륵.

트롤킹의 신체 절반이 녹아서 사라진 상태였다. 꾸물거리는 기포로 보아하니 조금 있으면 다시 재생이 될 것 같았지만 이어지는 아머기마병의 돌진과 뼈 화살 세례를 버텨내지 못하고 쓰러지고 말았다.

"오, 역시 세."

지켜보던 성민우가 중얼거렸다.

슬쩍 뒤를 돌아본다. 전투의 여파가 닿지 않는 곳에서 강화를 하고 있는 무혁의 모습이 보이고.

"편하겠다, 진짜."

이내 고개를 저으며 주변을 살폈다.

저 멀리 트롤킹이 보였다.

"저건 내 거다!"

12마리의 정령과 나란하게 달리며 놈과 거리를 좁혔다. 그리고 주변에서 현란하게 움직이면서 스킬을 쏟아냈다.

"이 맛이지!"

5강 무기의 위력이 펼쳐졌다.

퍼억!

공격을 맞기도 했지만 갑옷, 신발, 장갑, 투구 등. 5강까지 강화되어 방어력과 HP가 어마어마하게 높아졌기에 그다지 위협이 되지 않았다.

"간지럽다고, 이 자식아!"

피하고 맞고, 또 때리고. 몇 번 반복하다 보니 어느새 트롤킹이 죽어버렸다. 강화의 힘이었다.

"뭐야, 쉽잖아!"

게다가 경험치도 쏠쏠하다.

"여기가 경험치 밭이구나!"

크게 외치면서 또 다른 트롤킹을 잡아나가는 성민우였다. 물론, 그래 봤자 무혁의 스켈레톤보다는 사냥 속도가 느렸지만 말이다.

경험치를 얻으며 강화에 집중하기를 수차례.

"후아."

피곤함에 잠시 망치를 내려놓고. 경매장이나 볼까.

올려뒀던 물건들을 하나씩 확인해 봤다. 하나같이 5강이었고 높은 건 6강이었는데 입찰금이 벌써부터 예상을 상회하는 수준이었다.

"허어……."

전부 팔리면 얼마의 골드가 손에 들어올지 계산도 되지 않았다.

그때 눈에 들어온 무기. 쿠르칸의 장검. 강화를 배우기 전에 올려뒀던 무기였다. 0강이었고 입찰 금액도 낮았다.

그러고 보니……. 강화시키면 되잖아.

무혁은 경매 입찰을 포기한 후 쿠르칸의 장검을 강화하기 시작했다. 1강, 2강, 3강. 그렇게 5강까지.

[쿠르칸의 장검+5]

물리 공격력 145+100

……

순간 다시 욕심이 생겼다.

변형 스킬도 있고 물, 마공이 붙은 더블 무기잖아?

이게 6강이 되면……!

헤어 나올 수 없는 강화에 대한 욕망이 가슴 깊이 꿈틀거렸고 무혁은 그 욕망을 이기지 못한 채 결국 망치를 휘두르고야 말았다.

[강화에 실패하셨습니다.]

그 문구를 보는 순간 가슴이 찢어졌다.

4강인가.

동시에 괜한 오기가 생겼다.

6강까지는 가자!

연이어 강화를 이어갔고.

실패, 성공, 실패, 실패, 성공. 반복되는 과정 끝에.

[강화에 성공하셨습니다.]

드디어 6강에 오르고야 말았다.

"크으……!"

이어지는 극한의 희열. 성공했을 때의 이 벅찬 감정. 모든 것을 얻은 것만 같은 카타르시스. 복합적인 이 감정에 정말 중독될 것만 같았다. 한동안 강화에 성공한 즐거움을 만끽하던 무혁은 강화 스킬을 열어 경험치를 확인했다.

[강화 3Lv(96%)]

무구를 강화시켜 보다 뛰어난 능력치를 지니게 만든다.

4퍼센트가 남은 상황.

"흐음."

7강에 성공이라도 한다면 강화 스킬 경험치가 상당히 증가할 것이 분명하다.

한 번에 4레벨이 가능할지도?

1강이나 2강에 성공하는 것과는 비교도 되지 않으리라.

하지만 실패할 확률이 사실상 아주 높았으니 다시 시도하면 5강이 된다고 보아도 좋았다. 그럼에도 그 낮은 가능성이 자꾸만 마음을 심란하게 만들었다. 결국 다른 사람들의 의견을 조금이라도 참조하기 위해서 채팅창을 구석에 열었다.

-오, 고민하는 거 보니 7강 가나요?

-솔직히 7강에 시도한 적이 없으니, 한번 가 보죠.

-맞아요, 실패해도 지릅시다.

-실패하면 다시 만들면 되죠, 뭐. 어차피 재료도 무한인데…….

-ㅇㅈ.

-가는 게 정답임.

-재료 무제한 공급받을 때 가야죠.

-이런 기회 없음ㅋㅋ

그들의 말은 확실히 일리가 있었다. 어차피 재료는 무제한. 실패해도 다시 시도하다 보면 언제고 되리라는 사실도 분명히 옳은 이야기다.

으음.

강화를 무차별적으로 시도하기엔 최적의 상황이 아닌가.

그럼에도 불구하고 실패할 거라는 괜한 짐작으로 인해서 7강에는 거의 도전하지 않았었다. 4레벨이나 5레벨이 되어 강화 확률을 조금이라도 더 높이고 시도해야겠다는 생각이 은연중에 들었던 것이다. 하지만 재료가 무제한으로 공급되는 지금은 그런 게 의미가 없었다. 재료가 한정적일 때나 의미가 있는 계획이었으니까.

그래, 하자!

망치를 강하게 쥐고 들어 올린다.

강화 시도. 그러자 붉은 점이 떠올랐다. 눈에 보이는 그것들은 새끼손가락의 손톱보다도 훨씬 작았다. 대략 4분의 1 정도 되는 수준이랄까. 하지만 지금은 이상하게 그 작은 점이 꽤 잘 보이는 것만 같았다. 착각이라고 여길 수도 있겠지만 확대되어 들어온다는 감각을 지울 수가 없었다.

왠지 감이 좋아.

호흡을 참으며 망치를 내려쳤다.

카앙! 캉, 카아앙!

정확하게 붉은 점을 망치의 정중앙에 오도록 맞췄다.

그렇게 몇 번을 반복했을까.

[강화도 : 98%]

강화도가 막바지에 이르렀고.

카앙!

한 번의 망치질로 강화도가 100퍼센트에 도달했다.

결과는……? 자기도 모르게 눈을 감아버리는 무혁.

이어 실눈을 살살 뜬다.

[강화에 성공하셨습니다.]

처음으로 7강에 성공하는 순간이었다. 7강짜리 무기는 정말 급이 달랐다.

[쿠르칸의 장검+7]

물리 공격력 145+193

마법 공격력 170+224

반응속도 +2%

절삭력 증가.

변형 마법 적용.

내구도 300/300

사용제한 : 힘 50, 체력 50, 지혜50.

본래 지니고 있던 대미지를 훨씬 상회한 수치가 뒤에 추가로 붙어버린 것이다. 무혁조차도 입을 떡 벌리게 만드는 수준이었다.

허, 무슨 대미지가…….

강화로 인해서 유저들의 레벨 업 속도가 한층 더 빨라지게 될 것이다. 자연스럽게 콘텐츠의 소모량이 증가할 테고 에피소드 역시 탄력을 받게 되리라.

나야 좋지. 어서 에피소드3이 오길 바라고 있었으니까. 그때가 되어야만 포르마 대륙과 다른 대륙간의 길이 열리기 때문이다. 영상으로만 봤던 타 대륙의 모습들을 직접 경험한다는 건 분명 새로운 재미로 다가올 게 분명했다.

기대감을 억누르며 손을 들었다.

"7강에 성공했습니다. 경매장에 올리도록 할게요."

경매장 시스템을 여는 사이.

-헐, 7강 성공?!

-성공이라고요?

-허ㅋㅋㅋㅋㅋㅋㅋㅋㅋㅋㅋ

-실패하라고 한 건데…….

-성공 축하드립니다^^

-와, 성공할 줄 알았음. 역시 무혁님은 운이 짱짱맨!

그때 무혁이 다시 말했다.

"참, 아이템 이름은 쿠르칸의 장검입니다."

그에 채팅창을 보던 일부 유저가 서둘러 게임에 접속했다.

-저, 아이템 옵션 보고 왔습니다.

-스샷 찍으셨나요.

-ㅇㅇ

-보여주세요!

스샷을 확인하는 순간 방청자들은 경악했다.

-제 무기보다 댐지가 정확하게 3배가 더 높네요?ㅋㅋ

-와, 저거 사야 되나…….

-게다가 듀얼 무기!

-변형 마법까지 있습니다ㅋ

-진짜 강화 콘텐츠 하나 앞서간 덕분에 무혁 님 순식간에 갑부 되신 듯…….

-ㅠㅠ 이래서 앞서가야 하는 겁니다.

-초보자들 무기도 강화 시켜주세요! 저도 구입해서 폭렙 하고 싶습니다!

-사용 제한 수치 총합 60 정도 되는 활도 하나 강화 부탁드립니다ㅠㅠ

-저도, 좀…….ㅋㅋ

스샷은 뒤이어 일루전 홈페이지로 이동되었고.

-와, 이거 진짜예요?

└첫 7강인가요?

└그건 아니에요. 지량 님이 최초 7강이죠.

└그럼 아직 8강은 없는 거임?

 └ㅇㅇ, 없을 걸요.

└캬, 그래도 듀얼 무기에 7강이라니⋯⋯ㅋㅋ

└부르는 게 값일 듯⋯⋯.

└나중에 물량 많아지면 사야겠어요, 저는⋯⋯.

└부자들은 지금 사서 앞서가겠죠?

 └당연ㅋㅋ

정보는 순식간에 퍼졌다.

많은 이가 7강짜리 무기에 관심을 보이기 시작했다.

제3장
아포피스 길드

강화에 깊이 집중하고 있을 때였다.

"실례합니다."

언제 도착했는지 낯선 사내 한 명이 무혁을 불렀다. 작업에 열중하느라 듣지 못한 것인지 그는 반응을 보이지 않았다. 그저 망치를 휘두를 뿐이었다.

카앙!

그에 낯선 사내가 다시 입을 열었다.

"저기, 무혁 님? 무혁 님!"

그제야 무혁이 정신을 차렸다.

"음? 누구세요?"

손에 들린 망치를 늘어뜨리며 사내를 올려다보는 무혁.

"저는 클레어 길드에 소속되어 있는 개판이라고 합니다."

"개판이요……?"

"하하, 네. 아이디가 개판이에요. 너무 대충 지었죠?"

"네, 뭐. 그런데 무슨 일로······?"

"아직 길드에 가입되지 않은 걸로 아는데요."

"맞아요."

개판이 환하게 웃었다.

"저희 길드에 가입하실 생각 있으세요?"

예상대로 길드 가입 권유였다.

"소규모지만 꽤 튼실하고 개념도 있는 길드거든요."

"죄송합니다."

무혁의 단호한 표정에 개판이 혀를 찼다.

"쩝, 알겠습니다. 저도 한 번에 될 거라는 기대는 안 했으니까요. 그래도 이렇게 포기할 수는 없으니까 내일 다시 찾아뵙겠습니다."

개판이 꾸벅 인사를 하더니 돌아서서 갔다.

헛수고일 텐데······.

예전 막무가내식으로 길드에 가입하라던 유저들과 비교하면 개판이라는 유저는 정말 매너가 좋은 편이었지만 무혁은 길드에 들어갈 이유가 없었기에 미안한 마음뿐이었다.

한숨과 함께 고개를 저으며 망치를 다시 휘둘렀다.

카앙!

그런데 얼마 가지 않아 또다시 누군가가 나타났다. 이번에는 대략 10명의 유저였는데 그들의 등장이 꽤나 요란해서 무혁은 애초에 집중력이 깨져 버린 상태였다. 웃고 떠들며 다가오는 모습만으로도 미간을 찌푸리게 만들었다.

또 뭐야.

도착한 그들 중의 한 명이 나섰다.

"무혁 님 맞으시죠?"

"네, 접니다만."

"저흰 아포피스 길드에서 나왔습니다."

"그런데요?"

"길드에 가입되어 있지 않은 걸로 아는데요."

무혁이 고개를 끄덕였다.

"저희 길드에 드시죠. 대우는 확실하게 해드리죠."

"아직 길드엔 관심이 없어서요."

"조폭 네크로맨서에 최상위 랭커, 게다가 강화까지 배운 유저가 바로 당신입니다. 길드에 들어오기만 해도 전폭적인 지원을 약속하겠습니다. 그러면 지금까지보다 더 빠른 속도로 성장하실 수 있습니다."

"성장이라⋯⋯."

과연 정말로 성장하도록 둘까?

아, 한 가지는 성장하겠네. 강화 스킬. 레벨을 올릴 시간은 거의 없으리라.

"흥미가 동하시죠?"

"뭐, 그렇기는 한데. 그래도 거절하겠습니다."

사내가 미간을 찌푸렸다.

"아포피스 길드를 잘 모르시나 본데, 현재 상위권에 랭크되어 있는 거대 길드입니다. 시간이 지나면 최상위권에도 랭크가 될 겁니다. 길드원만 천 명에 가깝거든요. 최상위 랭커라고는 하지만 저희와 적대해서 좋을 게 없을 겁니다."

"길드 가입을 거절한 게 적대하는 겁니까?"

"저희 입장도 생각을 해주셔야죠."

"입장이라?"

"부길드장인 제가 직접 왔는데 거절당했다는 소문이라고 나면 얼마나 쪽팔리겠습니까."

"그래도 거절한다면요?"

"별수 없죠. 가질 수 없다면 부서뜨릴 수밖에."

무혁이 피식하고 웃었다.

"지금 방송 중인 건 아시죠?"

"……."

표정을 보아하니 아무래도 깜빡했던 모양이다.

"방청자가 20만 명이 넘는 것도 모르셨겠네요."

"크, 크흠. 그래 봐야 겨우 방청자 아닙니까?"

저 발언, 조금 위험한데?

물론 무혁에게는 좋은 일이었다.

"제 생각은 다른데……."

무혁이 반발하자 아포피스 부길드장이 목소리를 높였다.

"흥, 방청자 따위는 알 필요도 없으니 그 얘긴 그만하죠. 그쪽은 그냥 알겠다고 대답만 하면 됩니다."

저 재수 없는 표정과 태도. 속에서 무언가가 끓어오른다.

"꺼져."

"네? 뭐라고요?"

"가입할 생각 없으니까 꺼지라고."

잠깐의 침묵.

"하, 하하."

표정이 심하게 일그러진 부길드장이 한숨과 함께 또박또박 말을 내뱉었다.

"꽤나 흥분을 한 것 같은데, 내일 다시 말하죠. 그때도 싫다고 대답하면 응하겠습니다. 대신 우리와 적대하게 된다는 사실, 기억하십시오."

그 말을 남기고 10명의 유저가 떠났다. 뒤늦게 소란스러움을 깨달은 성민우와 예린이 저 멀리서 달려왔다.

"오빠, 무슨 일이야?"

"야, 저 새끼들 뭐냐? 분위기가 이상한데?"

무혁이 상황을 설명해 줬다.

"길드 가입? 귀찮게 됐네. 쩝, 그래도 걱정 마. 시비 걸면 박살 내면 되지. 전에도 있었던 일이고."

"맞아, 그랬었지."

저들의 길드가 크다는 건 알지만 그 정도에 겁을 먹을 무혁이 아니었다.

충분히 할 만해.

걱정이 되는 건 성민우와 예린이었다.

과연 버틸 수 있을까? 혼자라면 어떻게든 버티고 또 도망칠 자신이 있지만 성민우와 예린, 두 사람이 끼어든다면 상황을 장담할 수 없게 된다.

유저들 역시 상당히 강해졌을 시기이니까.

하아…….

한번 시작된 걱정과 고민은 쉽사리 떨어지지 않았다. 결국 손에 들고 있던 망치를 내려놓는 무혁이었다.

"조금만 쉬자."

일루전을 종료했다.

같은 시각. 그 상황을 분명하게 시청한 방청자들은 분노를 감추지 않았다.

-저 새끼, 뭐죠?

-아포피스 부길드장이라고 하던데…….

-제가 알아봤는데. 아포피스 부길드장 맞고요. 이름은 아몬이더라고 요. 뭐, 길드 평판은 좋은 편이었는데 저따위로 행동할 줄은 몰랐네요.

-그보다 그 얘기 들었음?

-어떤 거요?

-방청자 무시하는 거요.

-아……. 기분 더럽긴 했죠.

-겨우 방청자? 방청자 따위? 그 말 들으니까 기분이 확 더러워지던 데…….

-저 사실 거기 길드원인데…….

-헐, 나오시죠.

-그래야겠어요ㅠㅠ, 저런 식으로 운영할 줄이야……

-제 친구 거기 길드원인데 나오라고 해야겠네요.

-오, 저도 주변에 거기 사람 있는지 알아봐야겠네요.

-크, 있으면 꼭 나오라고 하세요!

-ㅇㅋ

-알겠어요ㅋㅋㅋㅋㅋㅋ

-시바, 이렇게 된 거 제대로 움직여보죠?

-맞아요. 방청자 무서운 걸 알아야 함.

-아포피스 길드랬죠? 저도 나름 인맥 있는데 한번 동원해 보겠습니다^^

-재밌겠네요. 저도 힘 좀 써보죠.

그렇게 시작되었다, 아포피스 길드 죽이기 게임이.

길드로 돌아간 부길드장이 득의양양한 표정으로 보고를 올렸다.

"이야기는 해놨습니다."

"그래?"

"네, 근데 거절할 수도 있겠더라고요."

길드장이 미간을 찌푸렸다.

"흐음."

"뭐, 설마 거절할까요?"

"모르지."

"그럼 혹시 모르니까 100명만 데리고 가겠습니다."

"그렇게 해."

이후 부길드장이 나갔고 길드장은 평소처럼 업무를 보고 있었다. 시간이 꽤 흘러 해가 떨어질 무렵, 오랜만에 사냥이나 가야겠다는 생각을 하면서 몸을 일으키려는데.

똑똑.

노크가 들리더니 세 명의 길드원이 들어왔다.

"무슨 일이지?"

"길드 탈퇴하려고 합니다."

"탈퇴?"

"네."

"특별한 이유라도 있나? 지원도 꽤 해줬던 것 같은데."

"지원이라면 저희는 받은 게 없군요."

"그런가."

"네, 애매한 시기에 들어와서 말이죠. 뭐, 다른 이유도 있지만 그건 모르셔도 됩니다. 그냥 탈퇴해도 되는데 그간의 정이 있어서 말은 하려고 왔거든요. 아, 그리고."

"그리고?"

사내가 인상을 썼다.

"나이도 어린 새끼가 길드장이라고 반말이나 찍찍 내뱉고.

정신 차려라, 병신아."

"······!"

"그럼 간다."

"너, 이 새끼······!"

"시비 걸고 싶으면 바질리스크 길드로 와라."

바질리스크 길드. 아포피스 길드보다 확연하게 랭크가 높은 곳이었다.

"거기로 가는 거였군."

"그래, 어린 노무 새끼야."

"······."

사내 세 명이 길드를 탈퇴한 후 자리를 떴다.

분노가 치밀었다. 복수하고 싶은데 하필이면 바질리스크 길드였기에 그것도 어려웠다.

"젠장."

그때 또다시 노크가 들려왔다. 이번에는 다섯이었다.

"뭐야?"

"길드 탈퇴하려고 왔다, 머리에 피도 안 마른 새끼야."

"······."

"그동안 운영도 거지같이 하더니, 퉷! 더러워서 간다."

앞선 사내들과 비슷한 욕을 하며 떠나는 다섯의 길드원들.

멍하니 있는데 또 다른 길드원이 들어와서는 마찬가지로 길드를 탈퇴하겠다고 선포하고는 떠나 버렸다.

"아, 참. 복수하고 싶으면 찾아와라. 드래곤 길드로."

드래곤 길드, 그 역시 아포피스 길드의 규모로는 어쩔 수 없을 정도로 거대한 곳이었다.

[길드원 '아폰'이 탈퇴하셨습니다.]
[길드원⋯⋯.]

그제야 무언가 잘못되었음을 깨달았다.
도대체 뭐가 잘못된 것일까.

[길드원 '흐하하' 님이 탈퇴하셨습니다.]
[길드원 '탱쿠' 님이 탈퇴하셨습니다.]
[길드원⋯⋯.]

10분도 되지 않아 길드원 150명이 탈퇴를 해버렸다. 대부분이 거대 길드에 스카우트가 되어 빠져나가 버린 것이다. 지금도 계속해서 탈퇴하고 있다는 메시지가 떠올랐다. 다급히 부길드장과 간부를 불러 모았다.

"어떻게 된 거야, 도대체!"

"그게 아직 알아보는 중이라⋯⋯."

"이런 한심한 새끼⋯⋯!"

일단 남은 길드원이라도 챙겨야 했다.

"일단 다들 불러 모아!"

"아, 네!"

한곳에 모으기라도 해야 상황을 파악하고 또 수습할 수 있을 것 같았기에 소집 명령을 내렸다. 간부 한 명이 시스템을 이용해 길드원 전원에게 보낼 메시지를 작성하고 있는데 누군가가 문을 두드렸다.

"또 뭔데!"

이번에도 탈퇴하려는 길드원이라고 생각한 길드장이 거칠게 외쳤다.

끼이익.

하지만 문이 열리고 들어온 사람은 길드원이 아니었다. 동맹인 로보캅 길드의 행동대장 붉은마녀였던 것이다.

"아, 붉은마녀 님?"

"무슨 일이라도 있나 봐요?"

"아, 아뇨. 괜찮습니다."

"흐음, 그래요?"

"네, 일단 앉으시죠."

아름다운 외모와 몸매를 자랑하는 붉은마녀가 사내들 사이에 앉았다.

"그런데 어쩐 일로……?"

그녀의 외모에 빠질 시간도 상황도 아닌지라 단도직입적으로 물었다. 그러자 붉은마녀가 부드러운 미소를 지었다.

"동맹을 파기해야 할 것 같아서요."

"네……?"

"그동안 고마웠어요."

"아, 아니, 갑자기 왜 이러는 겁니까."

"그렇게 되었네요."

붉은마녀가 웃으며 회의실을 나섰다.

"붉은마녀 님!"

다시 한번 불렀지만 그녀는 돌아보지 않았다.

꽈악. 절로 주먹이 쥐어졌다.

이 새끼들이……!

끓어오르는 분노를 가라앉히기도 전.

"문이 열려 있네요."

이번에는 다른 길드의 간부가 회의실 내부로 들어왔다. 그
역시 동맹을 파기하게 되었다는 말을 남기며 떠나갔다.

"아직도, 파악이 안 된 건가?"

이글거리는 시선으로 부길드장, 아몬을 쳐다봤다.

"그게……."

그때 길드원 한 명이 들어왔다.

"알아냈습니다!"

모두의 시선이 그에게 집중되었고.

"알아냈다고?"

"네!"

"말해봐!"

"그, 그게……."

길드원이 잠깐 부길드장의 눈치를 살폈다.

"뭐냐고!"

뒤이어진 길드장의 외침에 별수 없이 상황을 보고했다.

"아무래도 무혁 유저의 방송을 보던 새끼들이 열 받아서 한 행동인 것 같습니다."

순간 이해가 되지 않은 길드장이 고개를 갸웃거렸다.

"뭔 개소리야?"

보고를 올리던 사내가 부길드장을 쳐다봤다. 그에 아몬이 미간을 찌푸리며 무혁과 있었던 일을 간략하게 설명했다.

"아, 그게, 그러니까 제가 무혁 그 자식이 방송하는 거 깜빡하고 강하게 나갔는데 그 새끼가 언급을 하더라고요. 방송 중인데 괜찮겠냐고. 그래서 방청자 따위가 뭐가 대수냐고 그랬는데, 아무래도 그것 때문에……."

길드장이 정보를 파악해 온 사내를 쳐다봤다.

"맞아?"

"네, 아몬 부길드장님의 행동 때문에 무혁 유저의 방송을 보던 이들이 인맥을 동원한 것 같습니다. 그래서 일부 길드원이 탈퇴했고 또 몇 곳의 거대 길드에서 저희 길드원을 대상으로 스카우트 중입니다. 동맹 길드였던 일부에서는 동맹을 파기하겠다면서 몰려오고 있는데 악재가 겹치면서 아무 상관도 없는 길드원들도 흔들리고 있습니다. 게다가 정보가 빠르게 퍼져서 다른 동맹 길드에서도 이 문제가 언급이 되고 있는 상황……."

거기까지 말을 들은 길드장이 몸을 일으키더니 부길드장 아몬에게 다가갔다.

"이런, 시발!"

거칠게 그를 발로 차버렸다.

"멍청한 새끼가 일을 그따위로 해!"

넘어진 부길드장이 표정을 굳혔다.

"하, 엿 같네."

"뭐?"

"아니, 시발. 딱 보니 길드도 무너지게 생겼는데 뭐가 잘났다고 지랄이야!"

"하, 이게 너 때문에……."

"지랄하네. 네가 강하게 나가라고 했잖아. 이 시발 놈아!"

한번 틀어진 사이는 쉽게 돌아가지 않는다. 특히, 이득에 기대어 만들어진 이들과 같은 경우에는 더더욱.

"나도 나간다, 나가!"

"너……!"

"병신. 퉷!"

부길드장을 따르던 간부 일부와 다수의 길드원이 함께 탈퇴를 해버렸다. 그 소식을 접한 남아 있던 길드원의 일부가 혼란에 빠졌다.

"하, 아포피스도 망했네."

"이렇게 무너지는 건가?"

"설마 망할 줄이야……."

결국 대세를 따르는 그들이었다.

[길드원 '움차파' 님이 탈퇴하셨습니다.]

[길드원…….]

그에 상황을 조금 더 지켜보려던 동맹 길드 몇 군데가 이건 아니라고 여겼는지 동맹을 파기해 버렸다. 무너지는 길드에 남을 수 없었던 나머지 길드원 역시 떠났고 그렇게 아포피스 길드가 허무하게 무너지고 말았다.

[제목 : ㅋㅋㅋㅋㅋ방청자의 힘!!!!!!!]
[내용 : 상위권에 랭크되어 있던 아포피스 길드가 무너졌는데, 다들 아시죠?ㅋㅋㅋㅋㅋ ㅋ 방송되고 있는 것도 모르고 부길드장이 무혁 님한테 시비 털고 또 방청자 무시해서 힘 좀 있는 방청자분들이 인맥을 동원하기 시작! 아포피스 길드원 빼내고 동맹도 깨뜨리게 만들고ㅋㅋㅋㅋㅋ ㅋ 결국 부길드장이랑 길드장 대판 싸우고 찢어졌다고 하네요. 정말 속이 시원합니다!]

└일루전TV 방청자 클라스…….
└진짜 지렸음…….
└와, 진짜 이럴 수도 있군요.
└이게 사람의 힘인 듯ㅋㅋ
└이래서 인맥이 중요한 거임.

무혁을 영입하려고 기회를 보고 있던 길드에게도 소식이 전해졌다. 정보를 접한 길드장 대부분이 고개를 저었다.

"뭐 저런 놈이 다 있냐."

"하다하다 못해서 방청자 인맥이라니……."

"포기하자."

자연스럽게 떨거지들이 사라졌다. 진정으로 무혁을 원하는 일부 길드만이 정중하게 무혁에게 가입을 권유했다. 물론 무혁은 그들의 제안을 연신 거절하기 바빴다. 그러는 사이에도 강화와 마을 성장에 집중했고 어느새 시간이 흘러 주말이 찾아왔다. 전에 약속했던 대로 일루전 여행을 해야 할 날이 온 것이다.

"야, 근데 나도 가야 돼?"

"가야지. 가족 여행인데."

"아, 약속 있다구!"

"저녁 약속이잖아. 그 전에 나가면 되지."

그에 강지연이 한숨을 쉬었다.

"하아, 그래. 오랜만에……."

중얼거리는 강지연을 데리고 거실로 향했다. 기다리고 있던 부모님과 함께 집 앞에 위치한 캡슐방으로 향했다.

"접속한 다음에……."

간단한 조작법을 알려준 후 일루전 세상에서 만났다.

"어머, 정말 신기하구나."

"허어……."

생각보다 더 자연스러운 감각에 놀란 모양이었다. 그런 가족들을 리드하기 시작하는 강지연. 막상 접속하니 꽤나 적극적이었다.

"여기가 좋다니까 다들 출발!"

그녀가 택한 첫 번째 여행지는 하바딘 호수였다.

현실에서 보는 에메랄드빛 물결? 그런 것과는 비교도 할 수 없는 찬란한 색이 찰랑거리며 흔들린다. 갖가지 해양생물들이 퍼즐의 한 조각처럼 그림을 완성시켰다.

"아……."

그야말로 완벽, 그 자체였다. 탄성밖에 나오지 않는 황홀한 아름다움이었다.

그게 시작이었다. 쉼 없이 일루전의 곳곳을 여행했다.

"진짜 좋지, 엄마?"

"응, 너무 좋다."

"아빠는?"

"괜찮구나."

"치, 괜찮긴. 엄청 좋으면서."

"크흠."

강지연의 말이 사실인지 부모님의 입가에 미소가 그려진 상태였다. 게다가 그 미소가 좀처럼 지워지지 않았다. 그 정도로 즐겁다는 뜻이리라. 사실 무혁하고만 있었으면 조금 심심한 여행이 되었겠지만 수다쟁이 강지연의 존재로 인해서 그런 걱정을 떨쳐 버릴 수 있었다.

"아, 배고프다."

"그렇구나."

관광지에 왔으면 음식은 기본. 일루전의 음식은 맛 또한 좋았기에 이번에도 역시 최고의 만족을 느낄 수 있었다.

"어머, 고기가 어쩜 이렇게도 부드럽지?"

"맛있구나."

부모님의 말에 강지연이 호응한다.

"일루전 음식이 값도 싸고 맛도 좋아."

"그럼 여기서 먹으면 현실에서는 안 먹어도 되는 거니?"

"아니, 현실에서도 먹어야지. 게임에서는 음식을 먹는 건 포만감이라는 시스템 때문이라서."

그에 고개를 끄덕이는 부모님들. 이후 다시 관광지를 돌아다녔고 포만감이 떨어지면 음식을 먹었다. 그러다 보니 시간이 순식간에 흘러 버렸다.

"벌써 저녁이네? 엄마, 아빠. 나 이제 가 봐야 돼."

"그래……?"

아쉬워하는 표정들.

"다음에 또 오면 되니까 오늘은 이제 나가자. 저녁이라 밥도 먹어야 되고."

그렇게 일루전에서 나와 집으로 돌아갔다.

"갔다 올게!"

"차 조심하고."

"걱정 마."

"크흠, 너무 마시지 말고."

강지연은 저녁 약속이 있어서 다시 집을 나섰다. 이후 어머니 이혜연이 차린 음식을 셋이서 함께 먹었다.

"잘 먹었습니다."

저녁을 먹은 무혁이 일루전에 접속했을 무렵. 함께 TV를 보던 강선우와 이혜연이 서로를 쳐다봤다. 말하지 않아도 서로의 마음을 안다는 듯이 고개를 끄덕이더니 함께 서재로 향했다. 컴퓨터를 켜는 강선우. 그의 옆에서 화면을 주시하는 이혜연.

"그거는 옛날 캡슐이잖아요."

"그런가?"

"이거, 이걸로 해요."

"알았어."

큰 고민 없이 캡슐을 구입해 버리는 두 사람이었다.

"앞으로 종종 가자고."

그렇게 캡슐 두 대가 더 생겨 버렸다.

많은 유저가 경매장을 이용했다.

"야, 몇 분 남았냐?"

"어. 지금 5분."

"하, 넌 입찰 금액 얼마냐?"

"800골드."

"부럽다."

"왜?"

"넌 자금이라도 많이 준비했잖아. 난 1,300골드밖에 없는데 벌써 700골드까지 올랐어."

"쯧. 그렇게 미리미리 준비하라니까."

"하아, 이것도 비상금 다 턴 거라고."

"뭐, 별수 있나. 그걸로 시도해 봐야지."

"제발 살 수 있으면 좋겠다."

"나도."

"넌 1,700골드나 있잖아."

"그래도 빠듯해."

"하긴……."

대화를 나누는 사이 시간이 꽤 흘렀다.

"야, 1분 남았다. 집중!"

"오케이!"

그들이 목표로 하는 것은 강화 아이템이었다.

"제발, 블러드 소드야. 와라……!"

"난 장궁, 제발!"

각자의 무기를 목표로 하여 입찰을 눌렀다.

"30초 남았다."

"시바알, 가격 겁나 오르고 있어!"

"나도……."

10초를 남겨둔 현재. 블러드 소드+5는 1,100골드까지 치솟

왔고 학살하는 장궁+5는 1,400골드까지 올라 버렸다. 5초가 남았을 때는 각 1,200골드, 1,500골드까지 솟구쳤다.

"4, 3, 2……!"

1초를 남겨놓고 금액을 적었다.

모 아니면 도다!

1,300골드. 1,700골드.

그들이 가진 모든 금액이었다.

"제발, 제발……!"

곧이어 결과가 발표되었고.

[입찰이 취소되었습니다.]

그들은 결국 아이템을 획득하지 못했다.

"아, 미친! 젠장!"

"또 그 새끼들이겠지?"

"아마도."

강화 아이템을 쓸어 모으고 있는 거대 집단, 블랙 길드의 소행이리라.

블랙 길드장, 혁수.

"무혁 유저는 또 거절입니까?"

"네."

"흠, 어쩔 수 없죠. 길드에 들고 싶지 않아 하는 것 같으니. 여기까지만 하겠습니다. 더 이상 가입 권유는 하지 않아도 됩니다."

"억압도 하나의 방법이……."

간부의 말에 길드장이 표정을 굳혔다.

"바보예요?"

"네?"

"아포피스 길드 사건, 모릅니까?"

"그거야 거기 길드가 워낙 듬보잡이라……."

"하아, 세크로스 유저님."

"네."

"길드에서 추방하겠습니다. 그렇게 아세요."

"그, 그런……!"

길드장이 손을 놀린다.

[유저 '세크로스' 님을 길드에서 추방하셨습니다.]

그러곤 세크로스를 보며 말했다.

"나가세요."

"그럴 순 없습니다! 뭘 잘못했다고 추방을 당합니까!"

"최근 행실을 보고받고 있는데 아이템을 슬쩍 했다고 들었습니다. 사냥터에서 만난 유저도 길드 이름을 앞세워 억압했었죠? 레벨이 있어서 그냥 지켜보려고 했는데 안 되겠군요. 지금 당신의 그 마인드를 보니 앞으로도 계속 더러운 짓을 일삼을 게 눈에 보이니까요. 지금 당장 회의실에서 나가지 않으면 척살령을 내리도록 하죠."

"이, 이익……!"

세크로스 유저가 어금니를 깨물며 몸을 일으켰다.

"두고 봅시다!"

"그러시죠."

탈퇴 당한 유저가 회의실을 나서고.

"자, 다시 회의를 시작하죠."

"아, 네!"

"무혁 유저에 대해선 앞서 말한 대로 더 이상 가입 권유를 하지 않겠습니다. 대신 지금까지처럼 강화 아이템은 계속 쓸어 담도록 하세요."

"알겠습니다."

"또 다른 소식 있습니까?"

"없습니다."

"그럼 이걸로 회의를 마치죠."

블랙 길드의 회의가 끝나려는 순간.

"아, 한 가지 말씀드릴 건 있습니다."

"뭡니까?"

"7강짜리 무기, 쿠르칸의 장검이 판매되는 날입니다."

"입찰 시간, 얼마나 남았죠?"

"1시간 남았습니다."

"무조건 가지고 오세요. 무조건입니다. 알겠습니까?"

"예!"

간부들이 크게 대답했다.

⊛

판매된 강화 아이템들. 그것으로 벌어들인 돈이 벌써 1만 골드를 훌쩍 넘어버렸다. 게다가 오늘은 무혁이 최초로 7강에 성공했던 쿠르칸의 장검이 판매되는 날이었다. 얼마에 팔리게 될지 무혁조차도 감이 오지 않았다.

30분 정도 남았나.

경매창을 열어 현재 입찰 가격을 확인했다.

900골드라……

진정한 경매는 이제부터 시작이기에 지금 가격에 의미를 둘 필요는 없었다. 무혁이 경매창을 꺼버렸다.

5분 정도 남았을 때부터 보면 되겠지.

그 전까지 아이템 한 개를 5강까지 만들자는 목표를 세운 후 작업을 시작했다.

캉! 카앙!

25분에 걸쳐 5강짜리 무기 1개를 제작한 무혁이 경매장에 올린 후 다시 쿠르칸의 장검을 검색했다.

[남은 시간 : 4분 17초]
[현재 입찰 금액 : 1,209골드]

[남은 시간 : 4분 11초]
[현재 입찰 금액 : 1,239골드]

또다시 금액이 올랐다. 본격적으로 스피드가 붙기 시작하는 시점이었다.

이제 지켜볼까.

가만히 보고 있으니 수시로 입찰 금액이 변동되었다.

1,245골드, 1,250골드, 1,251골드, 1,260골드…….

3, 4초마다 금액이 상승하고 있었다.

"뭐 하나?"

그때 사냥을 하던 성민우와 예린이 휴식을 취할 생각으로 무혁의 옆으로 다가왔다. 무혁이 작업을 하지 않고 있기에 물어본 것이다.

"아, 경매장 보는 중."

"경매장?"

"어, 3분 뒤에 쿠르칸의 장검 팔리거든."

예린의 눈이 커졌다.

"오빠, 쿠르칸이면 7강짜리 무기?"

"응."

"와, 대박. 나도 구경해야지."

"오오, 나도!"

성민우와 예린도 경매창을 열어 무기를 검색했다.

"엥? 아직 1,300골드네?"

"어, 아직은."

"생각보다 낮은데?"

"이제 본격적으로 오르겠지."

2분이 남았을 즈음.

"우와, 오빠. 대박, 대박이야."

"장난 아니네, 진짜."

성민우와 예린의 반응에 무혁이 피식하고 웃었다.

뭐, 빠르긴 하네.

1분 50초가 남은 현재 시점, 입찰 금액이 2,500골드에 달한 탓이었다.

"검 한 자루가 2,500만 원이라니……."

"적어도 5,000골드까진 올라가겠지."

"하아, 나도 제작 배울걸!"

"지금이라도 열심히 해."

"그래야겠다, 쩝."

그사이 시간은 흘러 1분을 남겨놓은 상태였다.

"와, 2,700골드."

"벌써 2,800이야."

"오빠, 이거 팔면 뭐할 생각이야?"

"음, 일루전 주식이나 사야지."

"마을에 투자는?"

"투자도 하고. 한 100골드 정도만."

"그거면 돼?"

"응, 광산 개발 본격적으로 시작해서 괜찮을 거 같은데?"

"아아."

대화를 나누던 이들이 갑자기 입을 다물었다.

남은 시간 10초. 가격이 폭등하기 시작한 것이다.

10, 9, 8, 7······.

[현재 입찰 금액 : 3,639골드]

[현재 입찰 금액 : 3,721골드]

[현재 입찰 금액 : 3,899······.]

무서울 정도였다.

"미, 미친······!"

3초를 남겨두고서 4,500골드를 찍었다.

그리고.

[쿠르칸의 장검+7이 판매되었습니다.]

[수수료를 제외한 6,725골드 95실버를 획득하셨습니다.]

어마어마한 금액이 손에 들어왔다.

일루전에서 나온 무혁은 골드를 현금으로 바꾼 후 주식을 다량 매수했다. 이후 점심을 먹고서 홈페이지에 들러 현재 흐름을 파악했다. 몇 가지 사건을 체크한 다음 일루전TV 채팅에 접속해 올라오는 글을 빠르게 훑었다.

-누가 저렇게 비싸게 사는 건지 궁금하네요.

-모 길드가 독점하고 있다는 말도 있어요.

-엥, 그래요?

-네, 아이템 팔린 게 꽤 되는데 구입했다고 자랑하는 사람이 한 명도 없더라고요.

-어, 생각해 보니 그러네요?

-진짜로 독점 가능성도 있는 듯?

-그것만 가지고는…….

-ㅇㅇ, 신빙성이 부족함.

-그럼 이건 어떰? 여기 스샷임. 보이죠? 특색 있는 무구들인데 사용하는 유저가 몇 번 찍혀서 올라온 거임.

-오호, 그런데요?

-이미 눈치챈 분도 있겠죠?

-헐……!

-ㅇㅇ, 저 눈치 깜.

-와, 전부 같은 길드 마크네요?

-맞음.

-허얼, 이제 신빙성이 생김ㅋㅋ

무혁이 고개를 갸웃거렸다.

독점?

스샷을 보니 꽤 가능성이 있을 것 같았다. 어디에나 물불 가리지 않고 갖고 싶은 건 갖자는 주의의 사람들이 존재하게 마련이니까. 정말로 그런 거라면 썩 좋은 현상은 아니었다. 길드한 곳만 너무 강해지게 되면 아무래도 유저들의 성장에 불균형이 초래될 것이다.

물론 그러한 문제에 대해서 깊게 고민할 생각은 없었다. 다만, 불균형은 흐름을 바꾸게 될 것이고 그것은 곧 무혁의 기억에 있는 거대한 스토리들, 그러니까 에피소드의 방향을 비틀게 만드는 요소가 될지도 모른다는 소리였다.

-진짜 그러면 문제 심각한 거 아님?

-ㅠㅠ 빈익빈 부익부…….

-서민은 게임에서조차 서민인 것인가ㅠㅠ

-72시간 입찰로 하니까 마지막에 가격을 겁나 높게 써서 갖고 가는 거 같음. 무혁 님이 가격 정해서 판매하면 괜찮을 거 같기는 한데…….

어느 방청자의 말에 무혁이 고개를 끄덕였다.

괜찮겠는데?

충분히 좋은 방법이었다.

그럼 수용해야지.

채팅을 종료하고 캡슐에 누웠다.

[새로운 세상에 오신 것을 환영합니다.]

접속하자마자 경매장을 열었다.

72시간 입찰 방식으로 경매에 올렸던 아이템을 모두 취소해 버렸다. 어차피 그간 판매한 아이템 덕분에 어느 정도 기준이 생겼기에 그걸 토대로 즉시판매 금액으로 바꾸어 올렸다. 설혹 소문이 거짓이라고 하더라도 무혁이 손해를 보는 게 없었기에 행동에 머뭇거림이 없었다.

[빨라지는 단검+5이 판매되었습니다.]
[수수료를 제외한 1,675골드를 획득하셨습니다.]

[날아오르는 지팡이+6가 판매되었습니다.]
[수수료를 제외한 2,217골드를 획득하셨습니다.]

순식간에 아이템들이 판매되었다.

이게 더 좋은데?

돈이 바로바로 들어오니 의욕이 불타올랐다.

좋아, 오늘도 강화 좀 해볼까.

경매장에서 200골드짜리 대검을 구입한 후 스켈레톤을 소환했다. 주변으로 퍼뜨려 몬스터를 사냥하게 만든 후 대검을 아래에 내려놓고 망치를 쥐었다.

강화 스킬을 사용하니 붉은 점이 보였다. 칭호 덕분에 4레벨로 올라서면서 붉은 점이 꽤나 커졌다. 덕분에 정확도가 높아지면서 강화 성공 확률이 증가했다.

[강화에 성공하셨습니다.]

4강까지는 논스톱으로 달려왔다.

5강부터가 문제지.

눈을 부릅뜬 후 망치를 내려쳤다.

카아앙!

그때 성민우가 접속했다.

"어후, 독한 놈."

작업 중인 무혁을 보며 고개를 젓는 그.

곧이어 예린이 들어오고.

"오빠는 또 작업 중이야?"

"그러네. 우린 사냥이나 하자고."

"응!"

두 사람이 사냥에 나섰고 무혁은 평소대로 강화를 이어 나갔다. 해가 떨어질 즈음이 되어서야 작업을 멈추고 홀로 잠깐 마을로 향했다.

"오셨군요."

"네, 특별한 일은 없었죠?"

"이제 곧 건물이 완공될 겁니다."

"아, 여관이랑 음식점이요?"

"네, 한번 보시겠습니까?"

"그래야죠."

라카크와 함께 공사 현장으로 이동했다.

"마침 마무리가 되었군요."

그의 말대로였다.

동시에 메시지 하나가 떠올랐다.

[건축 레벨을 2로 상승시킬 수 있습니다.]

웃으며 정보를 확인했다.

건축 레벨 : 1(100%)-레벨 업 가능.

여관, 음식점, 잡화점, 도축장 건축 가능.

건축 레벨 뒤쪽 레벨 업을 눌렀다.

[건축 레벨을 2로 올립니다.]

**[명성이 5,000에 도달해야 가능하며 필요한 수치의 10%의
명성이 소모됩니다.]**

명성이 필요했던 이유가 바로 이것이었다.

현재 명성은 대략 10만. 지금 당장은 여유로운 수준이었기에 곧바로 2레벨로 상승시켰다.

[건축 레벨이 2가 됩니다.]
[명성이 500만큼 소진됩니다.]

건축 레벨이 2로 오르면서 목수 길드와 대장장이 길드를 추가로 지을 수 있게 되었다.

후, 이제 시작이군.

가장 중요한 바탕이 될 두 가지 건축물이었다.

"유동인구는 좀 늘었나요?"

"요즘 이방인이 많이 늘었습니다."

"자금 상태는요?"

"이번 건물 설립에 사용하느라 자금이 없습니다."

무혁은 고민하다가 인벤토리에서 200골드를 꺼냈다.

"200골드입니다."

"이건……."

"제 사비입니다."

오른손으로 돈을 건넸고 왼손으로는 시스템을 건드렸다.

[여관 건축 계획을 세웁니다.]
[음식점 건축 계획을 세웁니다.]

남은 말을 이어 나갔다.

"나중에 세금에서 다 돌려받을 거니까 걱정하지 마시고 목수 길드, 대장장이 길드 1개씩 추가로 짓도록 하죠."

"촌장님……!"

"아, 그리고 앞으로도 계속 제 옆에서 여러 가지 관리를 해주셔야 할 것 같아요."

라카크의 눈이 커졌다.

"총관을 맡아주세요."

놀란 표정의 그. 조금 고민하는 듯한 표정을 짓던 라카크가 무혁을 쳐다봤다. 굳건한 눈동자를 확인함과 동시에 부드러운 미소를 짓더니 고개를 끄덕였다.

"알겠습니다. 제 남은 삶, 이곳에 바치겠습니다."

"감사합니다."

"그럼 남은 공사도 잘 부탁합니다."

"걱정하지 마십시오, 촌장님."

목수 길드와 대장장이 길드가 세워지면 재능 있는 이들을 목수로 전직하게 만든 후 마을 사람들이 지내는 집을 가장 먼저 손볼 생각이었다. 지내는 곳이 편안해야 삶의 질이 올라가기 때문이다. 동시에 만들어지는 각종 무구로 치안대를 조직하여 마을의 안전 또한 드높일 계획이었다.

"그럼 부탁드립니다."

"네."

마을 일을 마무리 짓고 다시 사냥터로 향했다.

저 멀리 성민우와 예린이 보였다.

쟤네도 독하네.

아직까지도 트롤킹을 사냥하고 있었다.

쾅, 콰과광!

그들을 보니 괜히 손이 근질거렸다.

음, 나도 몇 마리만 잡아볼까.

허리춤에 있던 일몰하는 장검과 등에 매달려 있던 방패를 뽑아 들었다.

윈드 스텝.

저 멀리 위치한 트롤킹 한 마리를 바라보며 질주했다. 놈과의 거리가 빠르게 좁혀졌다. 아직 거리가 꽤 남았음에도 불구하고 놈이 반응했다.

확실히 다르네.

레벨이 높아서 반응 또한 빠른 모양이었다.

키아아아악!

괴성을 지르면서 나뭇가지를 채찍처럼 휘두르는 트롤킹. 무혁은 좌측으로 방향을 틀면서 그 공격을 피해냈다. 그러자 나아갈 방향으로 여러 줄기의 나뭇가지가 뻗어왔다. 이대로 앞으로 걸어가면 저 공격에 적중당하게 될 것이다. 물론 그래 봐야 HP가 별로 닳지도 않겠지만 공격을 당한다는 것 자체가 기분이 나빴기에 반드시 피할 생각이었다.

풍폭, 파워대시!

새롭게 얻은 스킬을 사용하자 몸이 반사적으로 움직였다. 절로 우측으로 꺾이더니 트롤킹을 향해 쏘아졌다. 말도 안 되는 움직임에 무혁 본인도 놀랐고 트롤킹은 반응조차 제대로 하지 못했다.

키아악?

이윽고 놈의 몸통에 무혁의 방패가 부딪혔다.

콰아앙!

거대한 폭발과 함께 떠오른 한 줄기 메시지.

[2,153의 대미지를 입힙니다.]
[3,875의 추가 대미지를 입힙니다.]

윈드 스텝.

곧이어 놈을 쫓아가며 검을 내리그었다. 트롤킹의 얼굴을 정확하게 노린 상태였다.

풍폭, 십자 베기.

힘의 물약을 마시고 무기를 바꾼 덕분일까.

[크리티컬이 터집니다.]
[2,764의 대미지를 입힙니다.]
[4,975의 추가 대미지를 입힙니다.]

크리티컬이라 대미지가 두 배로 적용된 것이긴 하지만 그걸

감안하더라도 레벨에 비해 높은 대미지였다. 게다가 일몰하는 장검의 경우에는 아직 강화를 시도하지도 않은 상태였다. 그러나 정작 무혁은 만족하지 못하고 있었다.

아쉬워.

더 강해지고 싶었다. 조금만 더.

채워지지 않는 그 욕망이 무혁을 채우는 순간 트롤킹이 고통에 발광하기 시작했다.

키아아아아악!

놈을 쳐다보며 뒤로 물러나는 무혁.

변형, 풍폭, 강력한 활쏘기. 풍폭, 풍폭, 풍폭, 멀티샷.

이번에는 거리를 둔 상태에서 화살을 퍼부었다.

펑, 퍼버벙!

풍폭의 영향으로 화살이 꽂히면서 동시에 터져 버렸다.

[1,460의 대미지를 입힙니다.]

[2,268의 추가 대미지를 입힙니다.]

[880의 대미지를 입힙니다.]×4

[1,584의 추가 대미지를 입힙니다.] ×4

다시 화살을 날렸다.

파앙!

한동안 화살을 날리던 무혁은 놈의 회복력이 생각보다 더 뛰어남을 깨달았다. 화살만 사용해서는 트롤킹을 잡기 위해 너무 긴 시간을 소모해야 할 것 같았다. 해서 활을 다시 검으로 변형시킨 후 거리를 좁혔다.

풍폭을 계속해서 사용하면서 놈의 피부를 베었다.

서걱, 서걱.

화살보다 훨씬 빠른 속도였기에 아무리 HP 회복률이 높아도 버티지 못하리라. 예상대로 한동안 공격을 이어가니 트롤킹이 비틀거렸다.

풍폭, 십자 베기. 풍폭, 파워대시.

파워대시를 마지막으로 놈이 쓰러졌다.

[경험치를 획득합니다.]

재생력이 높아서 그런지 시간이 꽤 오래 걸렸다.

강화를 하면 어떨까. 무혁은 호기심을 느끼며 제대로 시간을 체크해 보기로 했다. 해서 트롤킹을 상대로 다시 한번 치열한 접전을 펼쳤다.

잠시 후. 5마리의 트롤킹을 잡으면서 얼추 평균을 체크했다. 한 마리당 8분 45초 정도. 이제 일몰하는 장검과 방어구를 강화한 후 다시 시간을 체크하면 되리라.

무혁은 사방으로 퍼져 있는 스켈레톤들의 중앙으로 이동한 후 자리를 잡고 강화를 시작했다.

카앙! 캉!

강화도가 빠르게 솟구쳤다.

1강을 마치고 바로 2강에 도전했다. 1강을 시도할 때보다 조금 더 작아진 붉은 점을 때렸다.

[강화에 성공하셨습니다.]

그렇게 5강까지 다이렉트로 성공했다. 그리고 곧바로 6강에 도전했다. 무혁 본인이 사용하는 무기이니 적어도 7강까지는 만들고 싶었기 때문이다. 보다 집중하여 붉을 점을 때렸으나.

[강화에 실패하셨습니다.]
[강화 수치가 1만큼 하락합니다.]

아쉽게도 4강으로 떨어졌다.
괜찮아, 다시.
평정을 유지하며 강화를 이어 나갔다.

방청자들은 한껏 기대감에 들뜬 상태였다.

-트롤킹 잡으면서 시간 잰 거 맞죠?
-ㅇㅇ, 맞아요. 저도 체크했는데 대략 8분 40초 정도 나왔습니다.
-정확하게는 8분 45초가 평균이네요.
-오호…….

-이제 강화하고 또 잡는 건가요?

-크, 그럼 딱 비교되니까 편리하겠네요.

-재미도 있고요ㅋㅋ

-몇 강까지 시도할 생각일지도 궁금하네요. 6강 정도만 되도 평균 6분대 정도로 줄어들 거 같기는 한데ㅋㅋ

-7강이면 5분대 가능?

-가능할지도…… ㄷㄷ

-방어구까지 강화해서 파워대시 대미지도 높입시다!

-오오, 좋은 생각!

그사이 일몰하는 장검이 6강에 성공했다.

-크, 옵션 구경하고 싶다ㅠㅠ

-좀 보여주세요!

마침 채팅을 확인한 무혁이 중얼거렸다.

"7강이 되면 보여 드리겠습니다."

그러면서 곧바로 강화를 시도했다.

-7강이라…….

-제발 성공해라!

-빨리 트롤킹 잡는 거 보고 싶네요, 저거 재생력 너무 높아서 지금 최상위 랭커들도 사냥하기 꺼리는 놈인데…….

-무혁 님도 혼자서 사냥하면 오래 걸리긴 하네요.

-그렇죠. 네크로맨서니까요.

-직업을 생각하면 황당할 정도로 빠른 거군요ㅋㅋㅋ

-ㅇㅈ…….

-소환수랑 같이 사냥하면 2분도 안 걸릴 듯.

그때 무혁의 입가로 미소가 걸렸다.

-어, 웃는다?

-설마……!

7강에 성공한 것이다.

"7강 성공했습니다. 아이템 정보 보여 드릴게요."

무혁이 시야 모드를 켰고 뒤이어 방청자들이 따라했다.

[일몰하는 장검+7]

물리 공격력 245+326

마법 공격력 270+359

모든 스탯 +7

절삭력 증가.

변형 마법 적용.

내구도 400/400

사용 제한 : 모든 스탯 50 이상.

압도적인 수준의 공격력이었다.

-이거 팔면…… 도대체 얼마나 나올까요?
-적어도 1억 이상일 듯.
-2억도 가능할 거 같은데요?
-2억이면 2만 골드인가요?
-ㅇㅇ, 네.
-지렸다…….
-팬티 갈아입고 올게요!

그사이 무혁은 방어구를 꺼내어 강화를 이어 나갔다.

-역시, 방어구도 강화하네요.
-파워대시도 공격의 한 부분을 차지하니까요.
-ㅇㅇ, 어서 강화하고 트롤킹 잡는 거 보여주세요!
-라면 하나 끓여서 먹으면서 대기함.
-ㅋㅋㅋ, 맛잇겠네요ㅠㅠ
-배고프다…….
-저도 저녁 먹고 올게요ㅋㅋ

그러는 동안에도 시간은 흘러갔다.

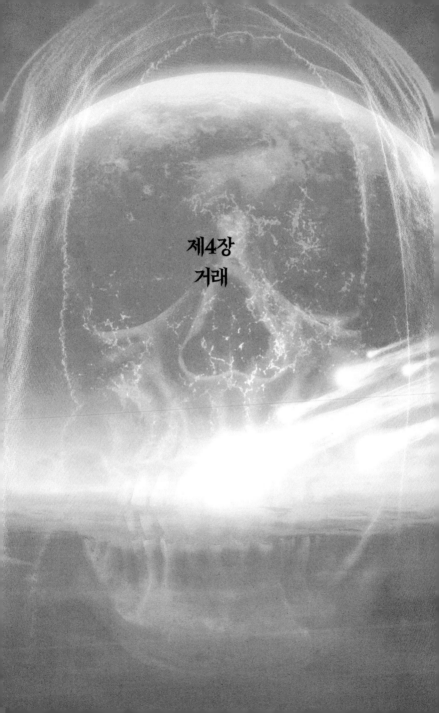

제4장
거래

드디어 무혁 본인이 착용하는 무기와 방어구에 대한 강화를 마쳤다. 일몰하는 장검은 7강이었고 방어구는 대부분이 6강 이었다.

상태창 확인. 현재 정보가 떠올랐다.

뭐, 다른 건 됐고. 상세 정보를 위주로 살폈다.

HP : 11,850

분당 회복률 : 891

MP : 7,350

분당 회복률 : 1,182

물리 공격력 : 1,159

마법 공격력 : 937

물리 방어력 : 721

마법 방어력 : 633

현격하게 증가한 물, 마공. 그리고 방, 마방까지. 강화로 인해서 주요 능력치가 급상승했다. 물론 무혁의 주된 전력은 스켈레톤이었지만 스스로의 무력이 높아진 건 긍정적인 일이었다. 유저와의 싸움에서는 작은 차이가 승패를 가르기에 높이고 높여도 모자랄 뿐이었다.

그보다 물공이 1,159?

강화를 배우기 전, 쿠르칸의 장검을 사용할 때는 겨우 700이었던 공격력이 이렇게까지 올라 버린 것이다. 물방, 마방도 각 200이 훌쩍 넘게 상승했기에 파워대시의 대미지 역시 꽤나 많이 올랐을 것이다.

이제 확인할 시간이었다.

몸을 일으킨 무혁이 검과 방패를 양손에 쥔 채로 주변을 훑었다.

없네?

몬스터가 보이지 않았다. 스켈레톤들이 전부 처리해 버린 탓이었다. 리젠이 될 때까지 막연히 기다릴 순 없었기에 저 멀리 쉬고 있는 성민우와 예린에게로 향했다.

"오빠? 사냥하려고?"

"응."

"오, 웬일이냐?"

"그냥. 몇 마리만 잡게."

예린이 무혁의 옆에 딱 붙었다.

"오빠, 오빠. 근데 이제 여기도 좀 지루해."

"그래?"

"응, 조금만 더 있다가 다른 데로 가는 건 어때?"

"뭐, 괜찮지."

"정말?"

"응. 마을이랑 조금 멀어지기는 하겠지만."

"아······. 그걸 생각 못 했네. 그냥 여기 조금 더 있자."

"이제 갈 곳을 찾기는 해야지. 언제까지고 여기에 있을 순 없으니까."

대충 계획을 세우는 사이 트롤킹이 리젠되었다.

"일단 그 이야기는 나중에 하고. 나 체크할 게 있어서 혼자 좀 잡을게."

"아아, 그래."

"오빠, 시간 재려는 거지?"

"어떻게 알았어?"

"헤헤. 우리도 다 해봤지롱."

성민우가 끼어들었다.

"이 형님은 트롤킹 한 마리에 3분 10초밖에 안 걸린다."

"혼자?"

"아니, 정령이랑 같이······."

무혁이 피식하고 웃었다.

"혼자해도 6분 30초면 잡는다고!"

"그래? 6분 30초라……."

적어도 그것보다는 빨라야 하지 않겠는가.

"내 시간도 체크해 줘라."

"오케이."

대답을 들은 무혁이 검을 활로 변형시킨 후 시위에 화살을 걸었다.

풍폭, 강력한 활쏘기.

[2,190의 대미지를 입힙니다.]
[3,842의 추가 대미지를 입힙니다.]

떠오른 메시지에 웃음이 났다.

총합 대미지 6,032. 강화 전에는 총합 대미지가 3,728이었다. 2,300이 넘게 증가한 것이다.

멀티샷은 어떨까?

곧바로 스킬을 사용했다.

팡, 파바방!

유려한 곡선을 그린 화살 네 대가 트롤킹의 신체 곳곳에 박혔다.

[1,240의 대미지를 입힙니다.]×4
[2,244의 추가 대미지를 입힙니다.]×4

멀티샷은 총합 대미지가 무려 13,936이었다.

크, 좋은데?

감탄과 함께 활을 검으로 바꾼 후.

윈드 스텝.

놈에게로 달려들었다. 날아드는 채찍을 가볍게 피한 후 파워대시를 사용했다.

콰앙!

트롤킹이 비틀거리며 뒤로 물러났다.

[3,391의 대미지를 입힙니다.]

[5,903의 추가 대미지를 입힙니다.]

방어구 강화 전, 총합 대미지가 6,028이었는데 지금은 9,294였다.

좋구나!

급격하게 증가한 대미지 수치에 절로 흥이 돋았다.

풍폭, 십자 베기!

스킬을 연이어 사용하면서 트롤킹을 유린했다.

키아아아악!

스킬이 없으면 주변을 돌면서 트롤킹의 피부를 무참히 썰어버렸다. 쿨타임이 돌아오면 다시 스킬을 사용했고. 그렇게 몇 번이나 반복했을까.

[경험치가 상승합니다.]

놈이 힘을 잃고 옆으로 쓰러졌다.

시간은?

겨우 4분 56초가 흘렀을 뿐이었다. 다섯 마리를 더 잡은 무혁이 고개를 끄덕였다. 평균 4분 55초. 사냥 속도가 대폭 줄어든 것이다.

"와, 뭐야. 4분대? 뭐 이렇게 빨리 잡아?"

"무기 7강 했거든."

"헙, 미친. 그러니까 트롤킹이 녹아버리지."

"부럽냐."

"어, 리얼로 부럽다. 나도 7강 좀 해주라."

"공짜로?"

"재료비는 낼게!"

"농담이야, 인마. 오늘은 늦었고 내일이나 모레 해줄게."

"오오, 땡큐!"

그때 예린이 무혁의 팔짱을 꼈다.

"오빠, 나두."

"당연하지. 그보다 우리 다른 사냥터는 언제 갈까?"

"다른 곳?"

"응, 언제까지고 여기에 있을 순 없으니까."

"괜찮겠어? 내가 한 말 때문이면 안 그래도 되는데……"

"아니, 나도 옮길까 고민 중이었어."

현재 트롤킹 사냥은 확실히 효율이 별로였다. 문제는 다른 사냥터로 옮길 경우, 마을과 거리가 멀어진다는 것인데 사실 그것도 크게 걱정할 부분은 아니었다. 워프가 가능한 곳 주변을 물색하면 되기 때문이다. 게다가 군마까지 있으니 오가는 시간을 최소로 단축시킬 수 있으리라.

"사냥터부터 찾아야 하니까 한 이틀 정도는 더 있자."

"오오, 그럼 늦어도 3일 뒤에 다른 곳 가는 거냐?"

"어, 가야지."

"크, 좋군, 좋아. 나도 사실 겁나 지루했거든. 조금 있으면 떠난다고 하니까 또 나름 정들었는데 아쉽네."

"미친, 아쉽긴."

"장난이야. 아무튼 남은 시간 동안 빡세게 달려보자고!"

"그래, 그전에 밥부터 먹고."

"그러고 보니 벌써 8시가 넘었네."

세 사람은 저녁을 먹기 위해 일루전에서 나갔다. 약 1시간 후에 다시 접속한 성민우와 예린은 사냥에 몰두했고 무혁은 강화에 집중했다.

블랙 길드장, 혁수가 턱을 괴었다.

"흠, 즉시 판매로 바꿨다는 거죠?"

"네."

"어제부터죠?"

"맞습니다."

간부 한 명이 입을 열었다.

"이렇게 되면 강화 아이템을 얻기가 어려워집니다. 지량 유저도 예약이 워낙에 많은 상태라 지금 예약을 하더라도 한참을 기다려야 하고요."

"잠깐만요."

혁수가 손을 들었다.

"먼저 묻겠습니다. 즉시 판매로 바뀐 시점에서 어떤 대응을 하셨죠?"

"일부 인원에게 돌아가면서 경매장을 24시간 확인하라고 지시를 내렸습니다. 가격이 높은 순위로 나열한 다음 계속해서 갱신을 시켰죠."

"그래서요?"

"아이템이 올라오는 걸 확인하자마자 곧바로 구입을 시도했다고 들었습니다. 그런데 이미 팔린 아이템이라는 문구가 떠올랐다고 합니다."

"계속해서 말입니까?"

"네."

혁수가 고개를 끄덕였다.

"그럴 만도 하죠. 일루전 유저가 워낙에 많으니……."

"길드장님, 어떻게 할까요?"

혁수가 피식하고 웃었다.

"어쩌긴 뭘 어쩝니까. 먼저 구입하려고 노력해 봐야죠."

"그, 저기……."

"뭡니까."

"사람이라도 보내서 협상을 해보는 것이……."

"응할 거라고 봅니까?"

알려진 무혁의 성격으로 유추해 보자면 절대 응하지 않으리라. 그 사실을 혁수 역시 알고 있었기에 역으로 되물은 것이고. 그런데 질문을 마치는 순간 번뜩하는 무언가가 머릿속을 스치고 지나갔다.

"아니, 잠깐……."

"왜 그러십니까."

"흐음……."

잠깐의 침묵이 흐르고.

"요즘 파라독스 길드가 그를 노리고 있다죠?"

"아, 네. 맞습니다."

"파라독스! 그 새끼들, 생각만 해도 짜증이 나네요. 길드장님도 동의하시죠?"

길드장은 그저 웃을 뿐이었다.

"아이템 몇 개도 거기서 갖고 갔잖아요. 짜증 나는 놈들."

"맞아, 재수 없지."

"매너도 더럽게 없고."

간부들의 소란에 길드장이 손을 들었다.

주변이 조용해지자 보고를 올리던 사내가 입을 열었다.

"파라독스 길드 이야기가 나온 김에 관련이 있는 내용 한 가지를 더 보고하겠습니다."

"뭔가 있나 보군요."

"네. 어제와 오늘, 이틀 동안 강화 아이템이 팔렸는데요. 그걸 구입한 몇 명이 자랑을 하는 식의 글을 작성하거나 혹은 지인이 연관 있는 글을 올렸습니다. 그에 파라독스 길드가 그들을 찾아내어 반 협박을 하면서 강화 아이템을 싸게 사들이고 있다고 합니다."

"반 협박이라면?"

"거절하면 척살하는 방식입니다."

"확실한 겁니까?"

"예, 길드장님."

"흐음, 더 보고할 거 있습니까?"

"끝입니다."

"좋습니다. 무혁 유저는 제가 직접 만나서 이야기를 나눠보도록 하죠."

"네?"

"직접, 말입니까?"

"네, 문제 있습니까?"

"아, 아닙니다."

"위치는 파악되어 있겠죠?"

"아, 네. 트롤킹 서식지입니다."

"트롤킹 서식지라……. 부길드장님."

"네."

"제가 다녀오는 동안, 길드 부탁드립니다."

"알겠습니다."

혁수가 몸을 일으켰다.

"오늘 회의는 여기까지 하겠습니다."

건물을 빠져나간 그가 무혁이 있는 곳으로 향했다.

⬤

겨우 두 번만 실패하고서 예린의 무기를 7강까지 만드는 것
에 성공했다. 그야말로 행운이 터져 버린 상황이었다.

"오빠, 고마워!"

입맞춤을 보답으로 받은 무혁이 성민우를 쳐다봤다.

"내놔."

"오오, 드디어 내 차례인 것인가!"

"말이 많다. 빨리 줘. 행운 이어가야지."

"죄송합니다! 여기 있습니다!"

장난을 치며 너클을 건네는 성민우.

"아무튼 고맙다, 진짜."

"뭐, 재료가 무제한으로 공급되니까 이렇게 막무가내로 하
는 거지. 나중에 되면 못 해."

"그럼, 알지."

"옆에서 구경이나 해."

"오케이!"

"헤헤, 오빠. 나는 시험 좀 해보러 갈게!"

"그래, 조심하고."

"응!"

예린이 몬스터를 사냥하기 위해 떠나고, 무혁은 너클을 내려놓고 망치를 쥐었다.

나타난 붉은 점을 내려쳤다.

카앙, 캉!

한참을 반복하던 무혁이 동작을 멈췄다. 그 옆에서 지켜보던 성민우는 눈을 반짝이면서 무혁을 쳐다보고 있었고.

"서, 성공?"

"아니."

"아……!"

"뭐, 괜찮아. 한 번 더!"

그런데 이번에도 실패를 해버렸다.

"미안, 또 실패네."

"4강인 거냐……?"

"어, 괜찮아. 다시 올리면 되지."

"하긴. 4강에서는 실패한 적 거의 못 봤으니까."

"그렇지."

무혁은 웃으며 강화를 시작했다.

카앙!

강화도가 100에 도달한 순간.

[강화에 실패하셨습니다.]

또다시 실패하고 말았다.

"흠, 아무래도 예린이 무기에서 행운을 다 쓴 모양이다."

"서, 설마……."

"쏘리. 또 실패했다. 3강이네."

"마, 말도 안 돼!"

성민우가 너클을 돌려받은 후 확인해 봤다.

"미친, 진짜 3강이네."

"어."

"괘, 괜찮아. 계속해야지. 이번엔 될 거야, 무, 무조건. 안 되면 사기지, 그럼. 그렇고말고."

여기서 멈출 순 없었기에 당연히 강화를 이어갔다.

이번에는 다행스럽게도 성공했다.

"일단 4강."

"오오, 역시. 그럼 그렇지. 안 될 수가 없다니까. 좋아. 6강까지 논스톱으로 가자고!"

그런데 4강에서 실패를 해버렸다.

"실패했네……?"

"하, 하하?"

"쩝, 다시 간다."

그런데 이번에도 실패를 해버렸다. 정말 재수가 없어도 더럽게 없었다.

"4강이지?"

성민우의 물음에 무혁이 어색한 표정을 지었다.

"왜? 또 왜!"

"미안, 2강이야."

"……."

오늘은 정말 날이 아닌 모양이었다.

오랜 강화 끝에 성민우의 얼굴을 채우고 있던 절망과 좌절이 겨우 걷혔다.

"6강이다, 드디어."

"처음으로 돌아온 거네."

"이제 시작이지, 뭐."

"그래, 제발."

무혁도 속으로 제발 성공하기를 바라며 강화를 시작했다. 강화도가 50퍼센트 정도까지 차올랐을 즈음 한 명의 유저가 저 멀리서 느긋한 속도로 접근해 왔다. 분명 여유가 있다고 여겼는데 어느새 그 유저의 생김새가 명확하게 구분될 정도까지 가까워졌다. 그의 시선이 무혁에게 꽂혀 있음을 확인한 성민우가 앞으로 나섰다.

"누구시죠?"

"블랙 길드장입니다. 무혁 유저와 잠깐 나눌 말이 있어서 왔습니다."

"블랙 길드요?"

"네."

성민우도 이름을 들어봤을 정도로 유명한 곳이었다.

"지금 무기 강화 중이라서요. 잠시만 기다려 주세요."

"알겠습니다."

혁수는 당연하다는 듯 고개를 끄덕이더니 바닥에 앉았다. 그러곤 무혁을 물끄러미 바라보기 시작했다.

그사이 무혁의 작업은 막바지에 이르렀고.

카앙!

마지막 망치질과 함께 끝이 났다.

"후아."

무혁이 고개를 들었고 표정을 확인한 성민우가 참을 수 없다는 듯 미소를 지었다.

"서, 성공한 거 맞지?"

"어, 7강이야."

"드디어, 드디어!"

"자, 확인해 봐."

너클을 받아 들자마자 정보를 확인한 성민우가 함성을 질렀다.

"만세에에에에!"

"근데 뒤에 앉아 있는 분은 누구냐."

"아, 저 사람?"

"어."

"블랙 길드장이라던데?"

"길드장?"

블랙 길드. 시간이 흐를수록 굳건해지는 거대한 곳이다. 길드장의 인성 역시 괜찮았던 것으로 기억을 하고 있다.

거기서 왜? 길드 가입 권유인가?

무혁과 혁수의 시선이 마주쳤다.

둘은 동시에 몸을 일으켰다.

서로에게 가까워진 상태에서 혁수가 손을 내밀었다.

"블랙 길드장, 혁수입니다."

"아, 네. 반갑습니다."

"잠깐 이야기를 나누고 싶어서요."

"음, 죄송합니다. 길드 가입은 생각이 없어서요."

"아, 가입 권유하려고 온 건 아닙니다."

그 말에 무혁이 고개를 갸웃거렸다.

"그럼 왜……?"

혁수가 성민우를 바라봤다. 자리를 비켜 달라는 뜻이리라.

"무혁아, 난 사냥 좀 하고 올게."

"어, 그래."

성민우가 너클을 착용한 후 트롤킹에게 달려갔다.

"이 자식들, 다 죽어봐라!"

그가 멀어지고 혁수가 입을 열었다.

"요즘 강화 아이템을 즉시 판매로 바꾸셨더군요."

그 말에 느낌이 왔다.

아, 설마…….

강화 아이템을 독식했던 곳이 블랙 길드였던 모양이다.

"실은 입찰로 판매할 땐 저희가 대부분의 아이템을 사들였었습니다."

"그랬군요."

"다시 바꿔 달라는 건 아닙니다. 다만, 강화 아이템의 극히 일부만이라도 저희에게 독점적으로 판매를 해주셨으면 해서 이렇게 찾아왔습니다."

독점 판매라. 당연히 거절하려고 했다. 그런데.

"그렇게 해주신다면 한 가지 정보를 드리도록 하죠."

정보라는 단어에 괜히 호기심이 생겼다.

"절대 후회하지 않을 겁니다. 이 정보를 아느냐, 모르느냐에 따라 가까운 미래가 크게 변할지도 모릅니다."

"막상 들었는데 제 마음에 차지 않는다면요?"

"그럼 없던 일로 하겠습니다."

그 정도로 자신이 있다는 말일까. 도대체 뭐기에?

"설혹 정보가 마음에 들어서 독점적으로 판매한다고 하더라도 정말로 극히 일부일 겁니다. 5강 아이템 10개를 제작했다면 기껏해야 그중에 1, 2개 정도겠죠."

"그 정도면 됩니다."

이렇게까지 나오는데 거절할 필요는 없을 것 같았다.

그래, 10개 중에 1, 2개니까.

"들어보죠."

무혁의 말에 혁수가 미소를 지었다. 미소를 지우는 것과 동시에 내뱉은 한마디.

"그전에 방송부터 꺼주시죠."

"아아……."

무혁이 고개를 끄덕이며 방송을 종료했다.

"껐습니다."

"그럼 말씀드리죠. 혹시 파라독스 길드라고 아시는지?"

"들어는 봤습니다."

사실 들어본 정도가 아니었다. 악명이 심했었지. 나쁜 쪽으로 아주 유명한 곳이었다. 블랙 길드와 마찬가지로 꾸준히 몸집을 불려가기도 했고. 다만 커질수록 악명 역시 자라났고 자연스럽게 유저들의 기피 대상이 되었다. 그럼에도 불구하고 파라독스 길드는 망하지 않았다. 은혜는 배신으로 갚고 악연은 200배로 갚는 게 그들의 모토였고 그걸 실천했던 게 그들이었으니까. 무혁도 되도록 그곳과는 얽히고 싶지 않았다.

"즉시 판매로 팔렸던 아이템들이 파라독스에 있습니다."

"파라독스에요?"

"네, 무구를 구입했던 유저들에게 접근했다고 하더군요."

벌써부터 한 가지 그림이 그려졌다.

"설마……."

"뭘 예상하는지는 모르겠지만 협박으로 아주 싸게 취했다고 들었습니다."

절로 미간이 찌푸려지는 내용이었다. 하지만 이게 끝이라면 아쉽다.

"진짜는 이제부터입니다."

그 사실을 예상했다는 듯 말을 이어가는 혁수.

"거기서 무혁 님을 노리고 있더군요."

잘못 들은 걸까.

흐르는 정적을 질문으로 깨뜨렸다.

"뭐라고 하셨죠?"

"놀란 모양이군요."

"네, 조금."

"파라독스 길드에서 무혁 님을 노리고 있다고 했습니다."

"노린다는 건 정확히 어떤 거죠?"

"먼저 길드 영입을 제안할 겁니다."

"거절한다면?"

"아마도 척살령을 내리겠죠."

"하……."

앞서가기에 견제를 받는 것. 당연한 일이다. 그 당연함을 견뎌내기 위해, 그리고 깨뜨리기 위해서 강해지려는 것이고.

하지만 어중간한 길드가 아니라 파라독스 길드라면 이야기가 조금 달라진다. 그들은 단지 의지만으로 넘겨 버릴 수 있는 자그마한 존재가 아니었으니까.

순간 눈앞에 있는 혁수에게 눈길이 갔다.

"왜 이런 이야기를 해주는 거죠?"

"강화 아이템을 얻기 위해서입니다."

"단지 그것뿐인가요?"

"무혁 님과 좋은 관계를 유지하고 싶기도 합니다."

"그 말씀은……"

"그렇다고 저희가 파라독스와 척을 질 수는 없습니다. 다만 파라독스와 관련이 있는 정보 정도는 꾸준하게 드릴 수 있을 것 같군요."

순간 머릿속이 어지러워졌다.

마을, 강화, 귀족, 파라독스 길드, 정보……. 갖가지 상념이 떠오른다. 조각난 것처럼 흩어진 그것들이 하나씩 맞춰지고.

"으음."

한 가지 실낱같은 가능성을 발견한다.

과연 될까?

의문만 품어선 해결될 일이 없다. 생각만 하게 되면 망상에서 그치게 마련이니까. 행동으로, 실천으로 옮겨야만 작은 무언가라도 이룰 수 있으리라.

"후우."

절로 한숨이 나오지만 별수 없었다.

"일단 아주 좋은 정보였습니다."

"다행이군요."

"아이템 강화의 일부는 독점적으로 판매하죠."

혁수가 미소를 지었다. 그러곤 품에서 계약서를 꺼냈다.

"계약서 작성, 가능하시죠?"

"아, 네……"

무혁도 계약서를 사용하는 편이지만 이렇게 당하는 입장이 되니 기분이 꽤나 묘했다. 하지만 이것만큼 확실한 것 또한 없었기에 거절할 이유는 없었다. 내용을 꼼꼼하게 읽어본 후 계약서 작성을 마쳤다.

일단은 최악의 상황을 가정하고 움직여야만 했기에 무혁은 성민우와 예린에게 상황을 설명한 후 몇 가지를 부탁했다.

"이런 건 내가 전문이지."

"오빠, 나도 열심히 할게."

"그래, 고맙다."

성민우와 예린이 떠나고 무혁은 마을로 돌아갔다.

"촌장님, 오셨습니까."

"네. 목수 길드와 대장장이 길드는 어느 정도 지어졌나요?"

"1주일 정도는 걸립니다."

너무 시간이 오래 걸렸다. 파라독스 길드로 인해 상황이 급해진 만큼 애초의 계획을 수정할 필요가 있었다. 본래라면 지내는 초라한 집도 보수를 하는 등, 조금 더 느긋하게 성장할 생각이었지만 이젠 그럴 수 없게 되었다. 지금 당장은 건축 레벨을 3으로 만드는 게 우선이었으니까.

"줄일 순 있나요?"

"인원을 더 투입하면 가능은 합니다만······."

결국 돈이 문제이리라.

"200골드입니다."

"촌장님……?"

"3일. 그 안으로 완공시키도록 하죠."

건축 레벨 : 2(0%)

여관, 음식점, 잡화점, 도축장, 목수 길드, 대장장이 길드 건축 가능.

아직은 0퍼센트였다. 목수 길드와 대장장이 길드가 완공되면 아마 40퍼센트까지 오르리라. 레벨 3을 만들어야 한다.

생각을 정리한 무혁이 여관과 음식점, 잡화점을 건드렸다.

"추가로 여관 세 채, 음식점 두 채, 잡화점 한 채를 더 짓도록 하겠습니다."

한 채에 10퍼센트씩. 완공이 되면 건축 레벨 3을 달성하게 될 것이다.

"그걸 동시에 말입니까?"

"네. 급한 일이 생겨서 그럽니다. 부탁드릴게요."

"촌장님께서 그렇게 말씀하신다면 따라야지요. 자금도 200골드면 충분하다 못해서 넘치지요. 물론 최대한 빨리 지어야겠죠?"

"맞습니다."

"그럼 속도를 최우선으로 하여 자금을 사용하겠습니다."

"그렇게 하세요."

"그럼 일이 많아졌으니 먼저 가 보겠습니다."

떠나는 라카크를 잠시 바라보던 무혁이 몸을 틀었다. 오른쪽의 여관으로 향하던 무혁은 지나가는 청년들을 훑었다.

어……?

그러다 한 명에 대한 정보에 절로 눈이 커졌다.

"도란?"

"음? 어, 촌장님?"

지나가던 도란이 무혁을 발견하고는 놀란 표정을 지었다.

"제 이름을 어떻게 아시고……"

"아, 전에 한 번 들었던 거 같아서요."

"흐음, 그런가요?"

"네."

당연히 외운 건 아니었다.

이름 : 도란

레벨 : 131

직업 : 궁수

직위 : 무

충성도 : 중

특기 : 탐색, 추적, 훈련.

떠오른 정보를 읽었을 뿐.

그런데 레벨이 131? 게다가 특기는 탐색에 추적, 그리고 훈련이었다.

이런 NPC가 있었나? 이 작은 마을에 131레벨이 있다는 것 자체가 신기한 일이었다. 뭔가 사연이 있는 모양이지만 그것까지는 관심이 없었다.

"잠깐 시간 되나요?"

"네, 되긴 합니다만."

"그럼 이리로."

그를 데리고 여관으로 들어가 빈자리에 앉았다.

스윽.

주변을 슬쩍 훑어봤다. 사람이 별로 없었다. 조금 기다릴 필요가 있었다.

"흑맥주 두 잔만 부탁할게요."

"알겠습니다!"

무혁이 촌장임을 알기에 여관 주인은 극히 조심스러운 태도를 보였다.

"여기 나왔습니다, 촌장님."

"고마워요."

"벼, 별말씀을."

험악한 인상의 여관 주인이 고개를 숙인다. 그 모습을 가만히 바라보는 무혁이 미간을 살짝 찌푸렸다. 라카크와의 대화에서도 느끼지만 저들의 저자세가 썩 불편했다. 그래도 익숙해져야 할 문제였기에 가만히 고개를 끄덕였다. 물론 익숙해지는 것일 뿐, 당연하게 여길 생각은 없었다. 이 마음이 계속해서 유지되리라는 보장도 없었다. 많은 이가 권력에 잡아먹히는 걸 봐왔으니까. 그래도 노력은 할 생각이었다.

"맛있게 드십시오!"

"네."

여관 주인이 물러나고 무혁은 도란에게 잔을 건넸다.

쨍.

유리와 유리가 부딪히며 소리를 냈다. 이후 흑맥주를 들이
켜니 시원함이 목구멍을 타고 흘러내려 갔다.

"크으."

도란이 잔을 내려놓더니.

"그런데 저는 왜 부르신 겁니까?"

"별거 아니에요. 저하고 간단하게 연기만 해주시면 됩니다."

"연기요?"

"네, 그냥 제가 하는 말에 장단만 맞춰주세요."

도란이 고개를 갸웃거렸다.

"그건 그렇고. 말씀 편하게 해도 됩니다. 귀족이지 않습니까?"

"지금이 편해서요."

"크흠, 뭐. 그러시다면야."

그렇게 이야기를 나누고 있을 즈음.

콰앙!

여관의 문이 열리며 일단의 무리가 들어왔다.

"크, 흑맥주 한 잔 주쇼!"

"나도!"

"아, 오늘 진짜 힘들었어."

"일이 많아서 좋기는 한데, 피곤하긴 하지."

"쩝, 유흥거리도 없고 말이야."

"그러게."

"빨리 발전 좀 하면 좋겠구만."

"그래도 건물 꽤 짓고 있더만."

"쳇, 어느 세월에 완공하고 커지려나."

대화를 나누는 것만 봐도 NPC임을 알 수 있었다.

자리도 충분히 가깝고.

무혁이 도란에게 눈짓했다.

고개를 끄덕이는 도란.

"하아, 요즘 이방인들이 길드를 엄청나게 만들고 있던데. 그 거 때문에 문제가 많다죠?"

"길드, 정말로 많죠. 재수 없는 놈들은 멋대로 시비도 걸고 그러더군요."

"제가 아는 한 길드가 있는데 거기는 도가 지나치다고 들었 어요. 같은 이방인에게 해를 끼치는 거야 신경 쓰지 않는다고 하지만. 그 미친 녀석들이 글쎄 주민들까지 죽였다고 하더군요."

주민, 일루전의 NPC를 말하는 용어였다. 그에 일단의 무리 가 고개를 돌리더니 무혁과 도란을 힐끔거렸다.

이야기에 집중하는 모습이었다.

"허어, 어떤 놈들입니까?"

도란의 질문에 잠깐의 뜸을 들이고.

"파라독스 길드라고 들었어요."

그들의 이름을 입에 담는다. 귀를 기울이던 일단의 무리에게 분명히 박혔으리라.

3시간 정도 여관에 있으면서 같은 이야기를 반복했다.

"허, 그 미친 자식들. 도대체 누굽니까!"

갈수록 도란의 연기력도 증가했다.

"누구냐고요?"

"네! 그 새끼들, 바로 조져 버리죠!"

"하하, 어려워요."

"아니, 왜요!"

"길드가 꽤 크거든요."

"도대체 어디기에……?"

여기선 항상 뜸을 들이는 무혁이었다.

"파라독스 길드."

"파라독스……!"

"아주 더러운 놈들이죠."

그리고 이야기를 들은 NPC들은 대부분이 두 가지의 반응을 보였다. 첫 번째는 못 들은 척 무시하는 부류. 두 번째는 함께 분노하며 화를 내는 부류.

"허, 그 개 같은 자식들이!"

지금 있는 일단의 무리는 후자에 속했다.

"음?"

무혁이 고개를 돌리자.

"이런, 미안하게 됐소. 이야기를 엿들으려고 한 건 아닌데……."

"아아, 괜찮아요."

"크흠, 아무튼 그 자식들. 정말 쓰레기로군. 파라독스 길드라고 했소?"

"네."

"이게 높은 사람들 귀에 들어가야 할 텐데……."

사내의 말에 무혁이 웃었다.

"그렇게 되면 좋겠네요."

부디 이들이 소문을 내어주기를.

이후로도 몇 번 더 도란과 연기를 한 후 여관에서 나왔다.

"근데 연기를 하다 보니 든 생각인데 말입니다."

"네."

"그 파라독스, 진짜 쓰레기 자식들이군요."

"맞아요. 게다가 말하지 않은 진짜 큰 문제도 있죠."

"더 큰 문제요?"

"네."

"뭐, 딱히 궁금하진 않지만……."

무혁이 도란을 쳐다봤다. 특기만 봐도 그가 상당히 도움이 되리란 걸 알 수 있었다.

충성도만 높았어도 좋았을 텐데……. 아니, 아니지. 이제부터라도 높여나가면 되리라.

"그 새끼들이 저를 노리고 있다고 하더군요."

"예?"

"저를 노리고, 결국 이 마을을 노리겠죠."

"……!"

도란의 미간이 일그러졌다.

"뛰어난 실력의 궁수, 맞죠?"

"그걸 어떻게……!"

"손과 발달한 근육만 봐도 알 수 있죠."

"으음."

"도와주면 좋겠어요. 조금 있으면 마을도 커질 거고 인원도 늘어날 겁니다. 그렇게 되면 군사력을 증강하기 위해서라도 병사를 뽑아야겠죠. 그때, 궁수 훈련 대장을 맡아주면 좋겠네요. 물론 지금 당장 대답하긴 힘들 겁니다. 천천히, 그리고 신중하게 생각해 보세요."

그 말을 남기고 돌아서는 무혁이었다. 그런 그를 도란이 불러 세웠다.

"촌장님."

도란의 목소리에 걸음을 멈춘 무혁이 몸을 돌렸다.

"네, 말하세요."

"이래 보여도 저, 꽤 실력 있는 놈입니다. 복도 없고 지지리 재수도 없어서 그냥 여기서 조용하게 지내고 있는 놈이란 소리입니다. 근데 한 가지 철칙은 있습니다."

"뭐죠, 그게?"

"저보다 약한 놈 밑에는 목에 칼이 들어와도 안 간다는 거죠."

무혁이 미소를 지었다.

"그래요?"

"네, 문제는 촌장님이 귀족이라는 건데. 아무래도 저보다는 약하지 않겠어요?"

"글쎄요. 그건 붙어봐야 알겠죠."

무혁의 말에 도란이 피식하고 웃었다.

"진심으로 말하는 건 아니라고 생각하겠습니다. 아무튼, 전 이만 가보도록 하죠."

"기다리세요."

"뭐 하실 말씀이라도?"

"그냥 가시면 안 되죠. 제가 더 세면 되는 거 아닙니까?"

"그거야……."

"붙어보죠, 지금 당장."

"하, 하하. 촌장님. 장난이 심하시네요."

순간 무혁이 웃음을 지우며 검을 뽑아 들었다.

"제가 먼저 갈까요?"

"……."

"아, 여긴 아무래도 마을이니 자리가 불편하겠군요. 따라오세요."

무혁이 앞장을 섰고. 도란은 한참을 고민하고서야 그 뒤를 쫓았다.

"하아, 후회하지 마십시오. 촌장님."

"그럴 일은 없을 것 같네요."

도착한 곳은 북쪽의 울타리 밖. 인적이 없는 공간이었다.

"시작하죠."

"진짜 마지막으로 말씀드립니다. 저, 진짜로 강해요. 위험할 수도 있습니다."

"괜찮으니 오세요. 그리고 약속은 지키세요. 제가 이기면 제 밑으로 들어오는 겁니다."

"후, 알겠습니다. 알겠어요."

별수 없이 도란이 활을 꺼냈다. 시위에 화살 한 대를 걸고. 그래, 귀족이 무슨…….

죽일 수는 없으니 가벼운 상처만 내고 끝낼 생각이었다.

어깨나 허벅지 정도?

포션이 하나 있으니 치료 걱정은 하지 않아도 되리라.

"갑니다."

"그렇게 여유 부리면 제가 먼저 가죠."

"하아……."

도란이 고개를 저으며 시위를 놓았다.

파앙!

화살 한 대가 무혁의 왼쪽 어깨를 노리며 쏘아졌다.

느낌이 왔어. 절대로 피하지 못하리라. 귀족이 아닌가.

물론 마을 사람들이 지나가면서 하는 이야기 정도는 들었다. 몬스터를 다 처리했다면서 신이라고 찬양하는 이들이 있었으니까. 하지만 소문은 어디까지나 소문일 뿐이지 않겠는가. 제국에서 지원을 받아 처리했다고 생각하면 충분히 납득이 간다. 그렇기에 귀족이라는 작자의 실력에 대해선 당연히 얕잡아 볼 수밖에 없었다.

척.

끝났다고 여기고 활을 어깨에 걸었다. 그 모습을 보던 무혁이 미간을 찌푸리더니 검이 들리지 않은 맨손을 앞으로 내밀었다. 뭘 하려는 건가, 싶은 의문이 드는 찰나. 놀라운 일이 벌어졌다. 그 손에 도란이 쏘아 보낸 화살의 몸통이 잡혀 버린 것이다.

"어……?"

순간 이해가 되지 않아 눈을 비볐다. 다시 정면을 응시했을 땐 무혁의 일그러진 표정이 보였다. 아무래도 전력을 다하지 않은 게 너무 티가 난 모양이었다. 그게 무혁의 신경을 건드린 것이고.

"정이 많은 성격인가 봅니다."

"예……?"

"전 그런 거 없으니 알아서 조심하시길."

무혁의 검이 활로 바뀌었다.

파앙, 팡!

쏟아지는 네 대의 화살. 하나하나에 강력한 힘이 담겨 있음을 본능적으로 느낄 수 있었다.

이, 이런 미친!

왼쪽으로 몸을 날리면서 메고 있던 활을 끄집어냈다. 그 과정에서 무혁이 보낸 화살 한 대가 옷깃을 스치고 지나갔다. 두 다리가 바닥에 닿았을 땐 시위에 화살이 걸린 상태였다. 움직임이 없는 무혁의 위치를 노리며 화살을 날렸다.

파앙!

이후 지척에 도착한 무혁의 화살을 활대로 쳤다.

"크읍!"

남은 두 대의 화살을 피하기 위해 바닥에 납작 엎드렸다. 머리 위를 스치고 지나가는 맹렬한 기세에 도란의 동공이 흔들렸다.

뭐, 뭐냐고⋯⋯!

다급히 고개를 들어 무혁을 쳐다봤다.

어⋯⋯?

그의 모습이 보이지 않았다.

"아직 긴장이 안 되나 보군요."

"허업!"

놀람과 동시에 목 뒤에서 통증이 느껴졌고, 직후 의식이 끊어졌다.

눈을 뜬 것 같기는 한데 세상이 아직은 흐렸다. 서서히 초점이 뚜렷하게 잡히면서 무혁의 얼굴이 눈에 들어왔다.

"깼어요?"

"아, 촌장님⋯⋯?"

그제야 상황을 파악한 도란이 상체를 벌떡 일으켰다. 충격이 심한 듯 한동안 입을 다물고 있던 그가 고개를 들었다.

"졌습니까, 제가?"

"뭐, 그렇죠."

믿을 수가 없었다. 그 기색을 느낀 걸까. 무혁이 대수롭지 않게 말했다.

"다시 확인하고 싶으면 말하세요. 언제라도 상관없으니까."

그 말에 괜히 울컥했다.

젠장……!

자존심이 상하긴 하지만 이대로 패배를 인정할 순 없었다. 자리에서 일어난 도란이 이리저리 몸을 움직여 보곤 무혁을 직시했다.

"제대로 다시 해봅시다."

"그러죠, 뭐. 이번엔 실망시키지 않길 바랍니다."

"크윽……!"

그에 얼굴이 붉어진 도란이 앞장을 섰다. 빠른 속도로 나아가 도착한 곳은 북쪽. 방금 전 대결했던 그 장소였다.

"후우."

도란이 멈추더니 몸을 돌렸다. 꽤 먼 거리에 있는 무혁이 보이고.

"걱정하지 마십쇼. 이번엔 제대로 할 거니까!"

크게 외치면서 시위에 화살 세 대를 걸었다. 몸에서 휘도는 마나를 화살에 담은 후 움직이지 않는 무혁을 노리며 동시에 날려 보냈다.

파바방!

무혁 역시 스킬을 손으로 잡아낼 순 없었기에 방패로 막아냈다.

"호오."

생각보다 강한 흔들림이 느껴졌다.

[151의 대미지를 입습니다.]
[152의 대미지를 입습니다.]
[149의 대미지를 입습니다.]

그래 봐야 아주 조금의 HP만 줄어들었지만 말이다.

무혁은 웃으며 윈드 스텝을 사용, 도란과의 거리를 빠르게 좁혔다. 도란이 백스텝을 하며 화살을 연사했지만 거리가 서서히 좁혀지는 건 어쩔 수가 없었다. 충분히 가까워졌을 무렵, 무혁이 좌측으로 한 번 몸을 틀었다. 귀 아래로 쏘아지는 화살을 힐끔 쳐다본 후 방패를 앞으로 내밀었다.

풍폭, 파워대시!

스킬을 사용하자 비현실적인 동작이 이어졌다.

콰아앙!

순식간에 도란의 몸통을 방패로 가격해 버린 것이다. 충격을 받은 도란은 한참이나 허공을 날더니 부러진 연처럼 바닥에 떨어졌다. 잠시 눈 끝이 바르르하고 떨리는 것 같더니 이내 추욱 늘어졌다.

두 번째 패배, 그리고 두 번째 기절이었다.

다시 방송을 켜고 강화를 하고 있던 무혁.

"으음……."

인기척에 고개를 돌리자 도란이 눈을 뜬 상태였다. 강화하던 걸 중지하고 그에게 다가갔다.

"일어났네요."

"아……!"

기절하기 전까지의 상황이 스치고 지나갔다. 정말 제대로 싸웠음에도 져버렸다. 이건 패배를 인정하지 않을 수가 없었다. 몸을 벌떡 일으킨 그가 무혁에게 예를 표했다.

"주군으로 모시겠습니다."

"음? 아니, 주군까지는 아니고……."

"받아주십시오!"

갑작스러운 그의 행동에 난감해진 순간.

[도란의 충성도가 대폭 상승합니다.]

[도란의 충성도가 중에서 극상으로 바뀝니다.]

단번에 충성도가 극상까지 올라 버렸다.

이런……. 뭐, 도움이 될 테니까.

이렇게 되면 받아줄 수밖에 없었다.

"후, 그렇게 하죠."

"말을 낮춰주십시오!"

"그, 그렇게 하자."

"예!"

덕분에 한 가지 고민거리가 해결되었다.

길드는 도란에게 맡기면 되겠네.

"지금 당장은 해야 할 일이 없으니까 일단은 좀 더 강해지도록 해."

"알겠습니다, 주군!"

"난 해야 할 일이 있어서."

"예, 다녀오십시오!"

군마를 타고 트롤킹 서식지로 이동한 무혁은 스켈레톤을 소환하여 놈들을 사냥하게 만들었다. 즉시 자리에 앉은 후 50레벨부터 150레벨까지의 아이템들을 두루두루 구입했다. 곧바로 하나씩 강화를 시작했다.

카앙, 캉!

순식간에 5강짜리 무기가 만들어졌는데 경매를 통해 팔지 않고 인벤토리에 넣는 무혁이었다. 지금부터 만들어지는 강화 아이템은 판매할 생각이 없었기 때문이다. 물론 일부는 블랙 길드에 넘기겠지만 나머지는 모아놓을 계획이었다.

자, 다시. 이번에도 무기. 무기, 또 무기.

[강화에 성공하셨습니다.]

무기를 충분히 강화한 후 방패와 방어구를 강화했다.

[강화에 성공하셨습니다.]

그렇게 3일이 지나자 100개가 넘는 강화 아이템이 인벤토리를 채웠다. 강화를 계속하고 싶었지만 건물이 완공될 시점이었기에 스켈레톤을 마계로 보낸 후 마을로 돌아갔다. 막 지어진 목수 길드와 대장장이 길드가 자태를 뽐내고 있었다.

"어?"

거기에 생각하지도 않았던 건물까지도 공사가 마무리된 상태였다. 여관 세 채, 음식점 두 채, 잡화점 한 채가 바로 그 주인공이었다. 마침 현장에 있던 라카크를 발견한 무혁이 그에게 다가갔다.

"벌써 지어진 겁니까?"

"아, 촌장님. 아직 완성된 건 아닙니다. 이제 곧 마무리가 되긴 할 겁니다."

"허어."

"놀라신 모양이군요."

"네, 이 정도로 빠를 줄이야."

"허허, 최대한 빨리 짓느라 고생 좀 했습니다. 물론 그만큼 자금이 소모되기는 했지만요."

"자금이야 쓰라고 드린 거니까요."

"그래서 좀 꽉꽉 썼지요."

"잘하셨어요."

그 순간 메시지가 떠올랐다.

[건축 레벨을 3으로 상승시킬 수 있습니다.]

건축 레벨 : 2(100%)-레벨 업 가능.

레벨 업을 누르자.

[건축 레벨을 3으로 올립니다.]
[명성이 10,000에 도달해야 가능하며 필요한 수치의 10퍼센트만큼 명성이 소모됩니다.]
[명성이 1,000만큼 소진됩니다.]

아직은 지을 수 있는 건물이 그대로였다.
왜냐고? 마을이 너무 좁기 때문이었다.

이름 : 무혁

작위 : 준남작

영지 : 칼럼 마을(대규모)

인구수 : 1,471명

영지명성 : 41

치안상태 : 나쁨

발전도 : 하

영지 오른쪽, 칼럼 마을을 눌렀다.

[현재 포화상태입니다.]
[대규모 마을로 확장할 수 있습니다. 다만 확장할 경우 3000의 명성이 소모됩니다.]
[칼럼 마을의 규모를 늘리시겠습니까?]
[Yes/No]

[대규모 마을 확장 계획을 세웁니다.]

그런 무혁을 라카크가 쳐다보고 있었다. 라카크의 시선을 느끼지 못한 채 무혁은 홀로 생각에 잠겼다.

드디어 대규모구나.

대규모 마을인 상태에서 다시 한번 포화가 되면 소규모 도시로 확장할 수 있게 된다. 물론 그전에 건물들을 상당히 지어야겠지만. 아무튼 이제 3레벨이 되었으니 전사 길드와 궁수 길드, 외에도 다른 건물들을 몇 개 건설하다 보면 생각보다 빠르게 4레벨을 달성할 수 있게 될 것이다.

일단은 길드부터.

건축 레벨 : 3(0%)
여관, 음식점, 잡화점, 도축장, 목수 길드, 대장장이 길드, 무기, 방어구 상점, 액세서리점, 길드 관리소, 전사 길드, 궁수 길드.

전사 길드와 궁수 길드 건축 계획을 세우려는 순간 라카크가 무혁을 불렀다.

"촌장님."

"음? 아, 네."

"괜찮으신지⋯⋯."

"예?"

"허공에 손짓도 하고, 갑자기 멍하니 있으셔서 말입니다."

"아, 손이 뻐근해서요. 그리고 멍하게 있었던 건 한 가지 고민거리가 있어서인데 신경 쓰지 않아도 되는 문제예요."

"그러셨군요. 그럼 마을 확장에 대한 이야기를 꺼내도 될런지요."

"아, 물론이에요."

"앞으로 인구가 지금보다 더 가파르게 증가할 겁니다. 문제는 마을이 작아 더 이상 새로운 건물을 지을 수가 없다는 점이죠."

길드에 혹해서 놓친 사실이었다.

그래, 이게 먼저지.

무혁이 지시를 내렸다.

"현재 만들어진 목책의 바깥쪽으로 영역을 넓혀야겠군요."

"맞습니다."

그래야만 진정한 대규모 마을이 될 테니까.

"바로 시행하죠."

아직 일자리가 없는 청년들과 어린 아이들, 그리고 나이가 있는 이들까지 전부 나섰다. 목책을 철거하고 바닥을 다지고, 보다 넓어진 영토의 끝자락에 다시 목책을 세우는 것은 그리 어렵지 않은 일이었기 때문이다.

"다들 모이셨나요?"

"예, 촌장님."

"모두들 노력한 덕분에 드디어 마을을 넓힐 수 있게 되었습니다. 조금 힘들겠지만 임금도 확실하게 지급할 예정이니 다들 즐겁게 일해주시길 바랍니다."

"우와아아아!"

"촌장님, 최고!"

"감사합니다!"

시민들의 환호가 퍼졌고.

[마을 사람들 일부의 충성도가 상승합니다.]

"부탁할게요."

"네, 촌장님."

라카크가 마을 사람들을 데리고 갔다.

"자네는 저쪽으로."

"예!"

"그리고 자네는 저기로 가면 되겠군."

"알겠습니다."

"자, 힘내서 일하고 저녁에 고기라도 먹자고."

"크, 좋지요."

생각보다 더 좋은 분위기로 작업이 이어졌다.

업무를 보고 있던 아뮤르 공작은 노크 소리에 고개를 들었다.

"공작님, 들어가도 되겠습니까."

"들어오게."

문을 열고 들어온 총관이 서류를 내려놓았다.

"밀린 서류들입니다."

"허어, 지금도 많네만."

"죄송합니다."

"자네가 죄송할 게 뭔가. 일이 많을 뿐이지."

"그리고 보고 드릴 것도 있습니다."

"말해보게."

"최근 각 왕국과 제국의 낌새가 이상합니다."

"낌새라면?"

"아무래도 이방인들을 이용하여 자신들의 세를 늘릴 작정인 것 같습니다."

아뮤르 공작이 눈을 빛냈다.

"호오, 이방인들을 이용해서?"

"네."

"길드겠군."

"맞습니다. 문제는 아주 악질적인 길드와 연관성이 있는 귀족들이 저희 제국에도 몇 명이 있다는 사실입니다."

"확실한가?"

"예."

총관이 품에서 다른 서류를 꺼냈다.

"여기 증거들입니다."

그 서류를 빠르게 훑어보는 아뮤르 공작.

"진짜군. 아직 이야기가 퍼지진 않았겠지?"

"그게……."

"뭔가?"

"서류에 나와 있는 길드 중에 한 곳인 파라독스에 관해서 부정적인 소문이 꽤 많이 퍼진 상태였습니다."

"파라독스라……."

하필이면 헤밀 제국 귀족이었다. 게다가 백작. 물론 공작인 그보다는 영향력이 낮았지만 마냥 무시할 수만은 없었다.

"폐하께서도 짐작하고 계실 겁니다."

"그렇겠지."

"어떻게 할까요?"

"일단 소문부터 들어보자고. 무슨 내용이었지?"

"주된 소문은 파라독스 길드가 주민들을 마구잡이로 학살한다는 내용이었습니다."

아뮤르 공작의 표정이 차가워졌다.

"주민을? 사실인가?"

"예, 어느 정도는……."

"허어, 이방인 따위가, 감히……!"

잠시 호흡을 고른 아뮤르 공작이 말을 이어 나갔다.

"후우, 다른 소문은?"

"아직 없습니다."

"그럼 놈들 뒤에 귀족이 있다는 것도 퍼지지 않았다는 소린가?"

"그렇습니다."

"그나마 다행이군. 소문이 더 퍼지기 전에 처리해야겠어."

"어떻게 처리할까요?"

"그게 문제야, 그게. 어떻게 처리해야 깔끔하게 끝낼 수 있을까."

쉽게 해결할 수 없는 문제였기에 아뮤르 공작의 고민은 나날이 깊어져만 갔다.

⬤

영토를 확장하는 동안 무혁은 마을 구석에서 아이템을 강화했다.

카앙, 캉!

집중력을 끌어올린 덕분에 6강에 성공할 수 있었다.

"후우."

조금 쉬려는데 저 멀리 마을로 다가오는 일단의 무리가 보였다. 거리가 가까워지면서 그들의 갑옷 정면에 새겨진 문양을 확인할 수 있었는데 순간 때가 왔음을 깨달았다.

파라독스 길드. 바로 그 녀석들이었다.

오늘 날짜가…….

몇 가지를 서둘러 계산했다.

거의 된 것 같은데?

녀석들이 무혁을 발견하고는 곧장 다가왔다.

"무혁 님?"

"네."

"아, 찾고 있었는데 마침 딱 있네요."

리더로 보이는 자가 손을 내밀었다.

"파라독스 부길드장입니다."

"그렇군요."

무혁은 그의 손을 잡지 않았다.

"크흠."

머쓱해진 그가 손을 내려놓더니 웃으며 물었다.

"그런데, 방송 중이신지?"

"네."

"잠시 꺼주실 순 없을까요?"

"왜 그러시죠?"

"긴히 드릴 말씀이 있어서 말이죠. 무혁 님에게도 엄청난 기회가 될 이야기입니다. 괜히 이런 정보가 퍼지면 저희로서는 곤란하거든요."

이들의 전형적인 수법이었다. 방송을 끄는 순간 숨겨진 악랄함을 드러낼 것이다. 물론 처음에는 권유할 것이다. 거절한다면 협박도 망설이지 않을 것이고.

"방송까지 끄면서 듣고 싶진 않군요."

"하하. 왜 이러실까요. 보니까 다른 길드에서 온 사람들을 만날 때는 방송을 끈 적도 있던데 말이죠."

아마 블랙 길드를 말함이리라.

"제 마음이죠."

"……."

대치 상황이 이어지는 가운데 한 가지 생각이 번뜩였다.

그래, 냉정하게 생각하자. 최대한 유리하게 작용하도록.

이내 무혁이 고개를 끄덕였다.

"좋습니다. 방송, 끄죠."

"잘 생각하셨습니다."

무혁은 방송을 끄고 대신 영상 녹화를 틀었다. 훗날을 대비하기 위함이었다. 그러자 파라독스 부길드장이 뒤에 위치한 사내를 쳐다봤고 고개를 끄덕이자 다시 무혁을 쳐다봤다.

"아, 죄송합니다. 실은 일루전TV를 틀어놓았거든요. 영상을 끄지 않고 껐다고 하는 이가 많아서 말이죠."

"그렇군요."

"네. 아무튼, 영상을 껐으니……."

부길드장이 무혁에게 다가왔다.

"딱 한 번만 권유하죠. 저희 길드에 와서 무기 강화에만 집 중해 주길 바랍니다."

"싫습니다만?"

"아직 제 얘기 안 끝났습니다. 거절할 경우에는 포르마 대륙 에서 20위 안에 들어가는 초거대 길드, 파라독스에서 오직 한 사람. 당신만 노릴 겁니다. 일루전을 접을 때까지 무한 척살에 돌입할 거란 얘기죠. 참고로 파라독스 길드원의 평균 레벨은 130이고, 상위 500명의 평균 레벨은 150에 근접합니다. 총 인 원은 2,500명이 넘죠. 감당할 수 있겠습니까?"

무혁이 빤히 그를 쳐다보자 부길드장이 씨익 하고 웃었다.

"물론 거절할 경우의 이야기죠. 어떻게, 길드 가입 권유를 받아들일 겁니까?"

"생각해 보죠."

"허어, 생각이라……."

"그게 싫다면 바로 거절하도록 하고요."

파라독스 길드에서도 무혁을 막무가내로 대할 수는 없었 다. 모두가 인정하는 최상위 랭커였고 그에 부끄럽지 않은 실 력 또한 지니고 있었다. 척살령을 내린다면 피해가 결코 적지 않을 거라는 사실을 알고 있다. 무엇보다도 무혁이 지닌 강화 스킬이 너무 탐이 났기에 어느 정도는 조건에 대해서 수용할 생각을 지니고 있었다.

"크흠, 알겠습니다. 저희도 할 일이 많아서요. 어디 보자, 언 제 시간이 비지?"

"5일은 있어야 합니다."

"5일이나?"

"예, 다른 곳도 많아서……."

"쩝, 그래. 알았어. 들으셨죠? 5일 후에 다시 찾아오죠. 시간이 너무 많으니 그때까지 만들어지는 강화 아이템은 판매하지 마세요. 저희 길드에 들어오면 적당한 가격에 전부 구매할 테니까요. 아, 그럴 일은 없겠지만 혹시라도 강화 아이템을 판매하면 곧바로 척살령이 떨어질 겁니다."

무혁은 대답하지 않고 등을 돌렸다.

"큭, 뻣뻣하긴."

"뭐, 그래 봐야 거절은 못 하겠죠."

"그렇지."

파라독스 길드원의 중얼거림을 한 귀로 흘린다.

그래, 실컷 떠들어라.

5일이라는 시간을 준 걸 후회하도록 만들 테니까.

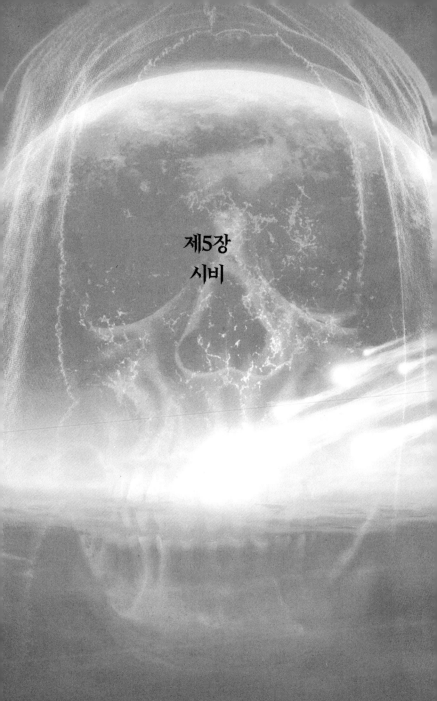

제5장
시비

-아, 파라독스 길드? 그 새끼들 뭔데 끄라 마라죠?

-전에 블랙 길드도 그러더니…….

-진짜 맘에 안 드네. 무혁 님, 저 새끼들 말 너무 들어주는 거 아닌가요?

-별수 있나요. 거대 길드한테 밉보여서 척살령이라도 받으면…….

-ㅅㅂ, 그 머냐. 지난번처럼 저희들 뭉쳐서 파라독스인지 먼지 발라 버리죠?

-크흠, 죄송하지만 파라독스는 전에 그 길드처럼 만만한 곳이 아니에요. 일단 포르마 대륙에서 알아주는 최상위 길드고 또 길드원들이 하나같이 독해서 원한은 수십, 수백 배로 돌려준다는 마인드로 살아가는 녀석들이거든요. 랭킹 1, 2, 3위 길드도 파라독스 길드하고는 척지고 싶지 않아할 걸요?

-그 정도예요?

-네. 진짜 독해요. 은혜는 무시하고 원한은 100배로 갚아버리니까요.

-ㅁㅊ…….

-파라독스랑 얽혀서 무너진 길드만 수십이고 접은 유저만 수천 명이 족히 넘어요.

-잘 아시네요?

-그럼요. 한 때 파라독스랑 적대관계에 있었다가…….

-있었다가?

-길드장이 무릎 꿇고 빌고 각종 보상금을 준 덕분에 겨우 안 접고 게임하고 있거든요.

-허…….

-할 말이 없네요…….

-우리 무혁 님 앞으로 어쩌죠?ㅠㅠ

-흠, 글쎄요.

-지금까지 행동으로 판단하자면 길드 가입 거부하실 거 같기는 한데…….

-근데 파라독스 악명을 알면 거절 못 할 걸요.

-거절하면 척살당하잖아요…….

-ㅇㅇ, 아무리 무혁 님이 대단해도 파라독스 길드하고는…….

-상대가 안 되죠…….

-쩝, 결국 파라독스에 들어가는 건가ㅠㅠ

-제발 잘 풀리길.

수다가 한참이나 더 이어지고서야 화면이 켜졌다.

-엇, 무혁 님 보이네요.

-파라독스 길드는 갔나 보네요.

-무슨 이야기를 나누신 건지…….

-뭐, 시간이 지나면 알게 되겠죠.

-크, 암튼 무혁 님 힘내세요!

그들의 응원을 알 길이 없는 무혁은 가슴 깊은 곳에 예리한 비수를 숨긴 채 그날이 오기를 기다렸다.

-드디어 길드전 콘텐츠가……!

다행스럽게도 다음 날, 기다리던 소식을 접할 수 있었다.
확신을 위해 일루전TV, 방청자 순위 랭킹 4위에 오른 학살 유저의 방송을 시청했다.

-오늘 아침 드디어 저희 길드가 최초로 길드전을 치르게 되었네요. 평소 다툼이 심하던 길드가 있었는데 거기에 신청을 했고요. 떠오르는 메시지를 보니까 패배하게 되면 1개월 동안 길드전을 신청할 수 없고 2주간 모든 스탯이 10퍼센트 감소한다고 나오네요.

학살 유저의 말에 방청자들이 격렬하게 반응했다.

-와 스탯 10퍼 감소?

-그것도 2주?

-ㅋㅋㅋ, 지면 개 열 받겠네.

-근데 좀 아쉬운 듯?

-패배 패널티가 약함.

물론 그게 끝이 아니었다.

-여기서 끝이면 섭섭하죠. 패배하면 유저들의 레벨을 기준으로 재산 상태를 파악하여 30퍼센트 달하는 보상금을 승리 길드에게 지급해야 한다고 하네요! 과연 보상금이 얼마나 될지 궁금하지 않으세요? 자, 그러면 이제 곧 시작되는 길드전을 치르기 위해 그 준비 과정까지 낱낱이 방송하도록 할게요! 계속 시청해 주세요! 혹시라도 재밌으면 쿠폰 1장 정도는 던져 주시는 거 아시죠? 하하하, 농담이고요. 아무튼 재밌게 봐주세요!

그 말에 방청자들이 쿠폰을 투척했다.

-여기 쿠폰 투척이오!

-길드전 낱낱이 공개하는 거, 맘에 든다! 나도 쿠폰!

-전 월급쟁이라 1장만 드릴게요^^

무혁은 거기서 방송을 종료했다.

시작이구나.

길드전 콘텐츠가 드디어 오픈되었다. 게다가 생각했던 시기와 거의 차이가 나지 않은 덕분에 계획에도 문제가 생기지 않을 것 같았다.

그럼 이제 다음 단계로 가야겠지.

일루전에 접속한 무혁은 계획을 실행하기에 앞서, 한층 넓어진 마을에 몇 가지 건물을 세우기로 했다.

[길드 관리소 건축 계획을 세웁니다.]

[전사 길드 건축 계획을 세웁니다.]

[궁수 길드 건축 계획을 세웁니다.]

[무기, 방어구 상점 건축 계획을 세웁니다.]

[액세서리점 건축 계획을 세웁니다.]

얼마 지나지 않아 라카크가 나타났다.

"촌장님! 여기 계셨군요!"

"네."

"영토가 훨씬 넓어졌습니다."

"그러게요. 이제야 좀 마을 같네요."

"허허, 살아생전 이런 모습을 볼 줄이야. 아니, 감동은 나중에 하고 지금은 이 넓어진 영토에 무언가라도 세워야 할 것 같아서 찾아뵈었습니다."

"뭐가 좋을까요?"

"이 정도 규모라면 길드를 세우는 것도 좋을 것 같군요."

"그럼 길드 관리소와 전사 길드, 그리고 궁수 길드를 설립하죠. 추가로 무기, 방어구 상점과 액세서리점도 한 개씩 지으세요."

동시에 건물을 짓기 위해선 돈이 많이 든다.

이번에도 무혁이 돈을 꺼냈다.

"200골드입니다."

마을의 빠른 성장을 위해 초반 투자는 어쩔 수가 없었다. 대신 커지기만 한다면 거기서 나오는 세금의 액수가 어마어마해질 것이다. 그날이 되면 그 세금의 일부가 무혁의 재산이 되기에 이 정도 금액을 아까워할 필요는 없었다.

"이번에도 이렇게 큰 금액을……."

"괜찮아요. 그것보다는 길드 관리소를 짓는 데에 온 힘을 기울여 주세요. 모든 인력을 동원해서 길드 관리소부터 짓고 다음으로 전사 길드, 궁수 길드, 나머지 건물들을 동시에 지으면 되겠네요."

"알겠습니다."

"전 헤밀 제국에 잠깐 다녀올게요."

"걱정하지 마십시오. 아주 꼼꼼하게 확인할 테니까요."

라카크의 일처리야 확실하니까. 웃으며 고개를 끄덕였다.

"부탁할게요."

"예, 촌장님."

이후 아뮤르 공작을 만나기 위해 그의 저택으로 향했다.

"오랜만에 뵙습니다."

안면이 있는 기사와 인사를 나누고 저택으로 들어섰다. 그후에는 집사가 아뮤르 공작의 집무실까지 안내해 줬다.

똑똑.

"손님이 오셨습니다, 공작님."

"누군가."

"무혁 준남작입니다."

"들여보내게."

안으로 들어서자 아뮤르 공작이 무혁을 반겼다.

"호오, 정말 반갑군. 마을은 잘 크고 있나?"

"예, 많이 도와주신 덕분이죠."

"하하. 내가 도와준 게 뭐가 있다고. 아무튼, 잘 왔네."

"감사합니다."

가벼운 인사가 오가고.

"그런데 이렇게 갑자기 어쩐 일인가."

"재료를 공급받으려고 왔다가 인사차 들렀습니다."

"그런가?"

"네."

"그럼 차나 한잔하지."

"주신다면 감사하게 마셔야죠."

둘은 소파에 앉아 이런저런 이야기를 나눴다.

황제를 만나게 한 장본인이 아뮤르 공작이었기에 무혁을 대하는 태도는 충분히 친근했다. 화기애애한 분위기를 이어가던 무혁이 차를 한 모금 홀짝인 후 잔을 내려놓았다.

보고를 받았겠지? 한번 떠봐야겠어.

어쩌면 아직 듣지 못했을 수도 있다. 조심스럽게 이야기를 꺼냈다.

"참, 요즘 소문 들으셨는지?"

"소문이라면?"

무혁이 목소리를 낮췄다.

"제가 이방인이라 소식이 조금 빠른 편인데 이방인들이 만든 길드 한 곳이 좀 심하게 말썽을 부리는 것 같더군요."

"흐음, 거기가 어딘가?"

"파라독스라는 길드입니다."

아뮤르 공작의 눈썹이 꿈틀거렸다.

아는 건가?

"여기저기서 많이 듣는군."

그 말에 무혁이 흐릿하게 미소를 그렸다. 무혁 본인이 뿌린 소문이 아뮤르 공작의 귀에 들어갔음을 확신하게 만드는 말이었으니까. 물론 아뮤르 공작이 보기 전에 지운 채 심각한 표정을 연기하며 호응했다.

"아, 이미 알고 계셨군요."

"안 그래도 고민하고 있었다네."

"고민이라면……?"

"어찌 처리해야 할지 말이야."

아뮤르 공작은 확실히 무혁을 신뢰하고 있는 모양이었다.

이런 부분까지 전부 이야기를 하는 것을 보면. 물론 은연중의 협박도 되리라. 이런 말까지 하는 이상 무혁은 아뮤르 공작과 한배를 탄 확실한 아군이 된 셈이니까. 배신하는 순간 어떤 일이 벌어질지는 상상하지 않아도 직감할 수 있었다.

"그러셨군요."

"요즘 그 문제로 골치가 아프다네."

무혁이 잠시 생각에 잠기는 척, 연기를 했다.

"혹시 이건 어떠신지."

"좋은 생각이라도 있나 보군. 말해보게."

"오늘에서야 알게 된 사실인데 이방인들이 만든 길드끼리 소규모 전쟁을 치를 수 있더군요."

"아아, 이야기 들었네. 오늘 아침에 보고가 올라오더군. 힘이 쌓이니 표출하는 게지. 쯧."

"그러게 말입니다. 아무튼, 거기서 패배하게 되면 상당한 재산을 승리 길드에게 건네야 한다고 들었습니다."

"그래서?"

"제가 운영하는 마을에서 주민 한 사람이 길드를 만들고, 공작님이 조금 도와주신다면……."

간략한 설명을 들은 아뮤르 공작의 눈매가 예리해졌다.

"호오."

이내 감탄사가 새어 나왔다.

"그런 방법이 있었군."

"네, 그리고 반복하는 거죠. 놈들이 지쳐 포기할 때까지."

"크하하, 좋군, 아주 좋아!"

"그럼……?"

"도움을 준다는 확답을 주기 전에 한 가지 묻지. 왜 그렇게 까지 나서려는 건가?"

"실은 저도 그 녀석들과는 악연이 있습니다."

"그랬군."

고개를 끄덕인 그가 확답했다.

"우리 모두 파라독스 길드를 처리해야 하는 상황이니 돕도록 하겠네."

다행이었다, 정말로. 아뮤르 공작이 혹시라도 마음에 들어 하지 않았더라면, 그래서 도움을 주지 않겠다고 말했더라면 무혁은 정말 일루전을 접어야 했을지도 몰랐다. 아니면 파라 독스 길드에게 평생을 쫓기면서 싸움이 멈추지 않는 게임 인생을 이어가야 했을지도. 아직 완전히 끝난 건 아니지만 토대는 마련이 되었다. 남은 건 지금껏 무혁이 쌓아온 것을 보여주는 것이다. 그것으로 파라독스 길드를 끝장내리라.

"아, 그리고 한 가지. 내가 도움을 준다는 건 아무도 몰랐으면 좋겠군."

애초에 이런 가능성을 염두에 두고 일을 진행했었기에 조금도 당황스럽지 않았다.

"먼저 장비를 바꿔야겠군요."

"그도 그렇고, 길드를 창설해야 하지 않나? 헤밀 제국에서 길드를 창설하면 눈치를 챌 가능성도 있단 말이지."

"걱정하지 않으셔도 됩니다. 지금 카론 마을에 길드 관리소를 짓는 중이니까요."

"호오, 벌써 말인가?"

"네."

"그럼 카론 마을에서 길드를 창설하겠다는 거로군."

"맞습니다."

아뮤르 공작이 고개를 끄덕였다.

"언제 완공될 것 같나?"

"이틀 정도면 될 겁니다."

"딱 좋군. 오늘 토벌을 마치고 돌아오는 이들이 있는데 최근 그들을 키우기 위해서 애를 좀 썼지. 그들이라면 충분할 것 같군."

"그럼 이틀 뒤에 다시 찾아뵙겠습니다."

"그러도록 하게."

인사를 하고 아뮤르 공작의 집무실을 빠져나왔다. 앞으로 길드 관리소가 완공될 때까지는 죽어라 아이템만 강화할 생각이었다. 기존에 강화시켜 놓은 것이 있지만 그것만으로는 턱도 없이 부족할 것 같았기 때문이었다. 물론 남은 시간 동안 죽어라 강화해도 부족하겠지만 하나라도 더 만들어서 아뮤르 공작이 지원해 주는 NPC들에게 그 아이템들을 입힌다면 어떻게 될까? 상상하는 것만으로도 미소가 지어졌다.

이틀 후. 다시 아뮤르 공작을 찾아가자 그가 무혁을 이끌고 뒤쪽 공터로 향했다. 그곳에는 이미 도착해서 대기하고 있는

NPC들이 있었다.

"최근 공들여 키운 이들이지."

300명의 기사와 200명의 마법사, 100명의 사제와 100명의 성기사, 거기에 능력이 뛰어난 500명의 보병과 300명의 궁병, 200명의 기마병까지. 총합 1,700의 대규모 인원이었는데 하나같이 눈빛이 살아 있었다.

"어떤가?"

"눈빛이 좋은데요."

"하하, 당연하지. 이틀 전에 토벌을 마치고 돌아왔으니."

"토벌이요?"

"그렇다네."

"뭘 사냥했는지 물어봐도 되겠습니까."

아뮤르 공작이 기사단장을 쳐다봤다.

"주로 어떤 놈을 잡았지?"

"10미터가 넘는 거대한 뱀이었습니다. 강철 같은 가죽으로 뒤덮여 있었고 머리에 송아지만 한 뿔이 있었습니다."

무혁의 입술이 반달을 그렸다.

유니콘 뱀이구나. 레벨이 160에 달하는 강력한 몬스터다. 놈들을 상대로 살아남았다는 말은 애초에 부족하지 않은 실력을 지니고 있었다는 소리였다. 그 정도 전력이라면 능히 파라독스 길드와 붙어볼 만하리라.

자기도 모르게 내뱉어버린 한마디.

"대단하군요."

"음? 뭐가 말인가?"

"아, 저도 이곳저곳을 돌아다니다 그 몬스터와 한 번 붙어본 적이 있습니다."

"호오, 그래?"

"네, 트롤킹보다 더 강력한 놈이었죠."

아뮤르 공작의 눈이 조금 커졌다

"트롤킹보다? 정말인가?"

"그렇습니다, 공작님."

그에 아뮤르 공작이 기사단장을 바라봤다.

"호오, 정말 놀랍군. 그 정도로 강한 놈들일 줄은 몰랐네. 아주 큰 공을 세웠음이니 그만한 포상을 해야 마땅하겠지. 그러나 지금은 보다 급한 일이 있기에 현재의 임무까지는 마무리를 짓고 오도록 하게. 그러면 내 결코 부족하지 않게 포상을 내리도록 하겠네. 이것은 여기에 모인 모두에게 해당되는 말이니 다들 이번 일에 힘을 써주게나."

그에 모두들 크지는 않았으나 힘이 깃든 소리로 대답했다.

"알겠습니다, 공작님."

그 모습이 도리어 믿음직스러웠다.

"자, 그럼 지금부터는 옆에 있는 무혁 준남작의 지시를 듣도록 하게. 그가 하는 말을 내 말이라 여기고 따르도록."

"예, 알겠습니다."

무혁이 앞으로 나섰다.

"일단 앞으로 무엇을 할지에 앞서 한 가지만 말하겠습니다.

여러분은 저와 함께하는 동안에는 절대 이곳의 기사도, 병사도, 마법사도, 사제도, 성기사도 아닙니다. 그저 제가 고용한 한 명의 용병일 뿐입니다. 그 사실을 기억해 주셔야 계획을 진행하는 데에 있어서 차질이 없을 겁니다."

그에 일부 마음에 들지 않는 표정을 지었지만 이미 앞서 아뮤르 공작의 말이 있었기에 수긍할 수밖에 없었다.

"칼럼 마을로 향할 때도 현재 입고 계신 장비를 벗어야 합니다. 헤밀 제국에 속했다는 사실 자체를 지워야 하는 거죠. 이틀의 시간을 드릴 테니, 그 안에 용병 느낌으로 장비를 착용한 후 칼럼 마을로 와주십시오."

그 말에 누군가 입을 열었다.

"왜 이틀입니까."

"현재는 지낼 곳이 턱없이 부족합니다. 여관을 증축하는 중이라 이틀 정도가 지나면 그래도 지금보다는 다수가 머물 수 있을 겁니다."

물론 지낼 곳이 부족하다는 것만이 이유의 전부는 아니었다. 파라독스에서 다시 한번 찾아오는 게 3일 뒤였기에 그전에는 저들을 마을 내부로 들이고 싶었던 것이다. 그래야 함부로 파라독스 길드가 시비를 걸지 못할 것이기 때문이다. 일부 병사들은 임시로 천막을 치고 잠을 청해야 할지도 몰랐지만 어쩔 수가 없었다.

"정확한 임무 내용은 뭡니까."

"길드에 가입하여 이방인 길드와 전쟁을 치르는 겁니다."

전쟁이란 단어에 NPC들의 눈빛이 달라졌다.

"전쟁, 말입니까?"

"네, 정확하게 말하자면 길드전이 되겠군요."

"길드전이라……."

"길드전은 신의 가호 아래에서 치러집니다. 즉, 그곳에서는 죽어도 신의 가호 밖으로 밀려날 뿐이고 실제로는 죽는 게 아닙니다."

옆에서 듣고 있던 아뮤르 공작이 탄성을 내뱉었다.

"호오, 이방인들의 길드전은 신기하군."

"네."

"다행스럽게도 목숨을 잃을 염려는 없는 거로군."

"그렇죠. 다만 패배하게 되면 모든 신체적인 능력치가 긴 시간 동안 하락하고 길드의 재산을 상당 부분 빼앗기게 됩니다. 고로 무조건 승리만이 있어야 할 겁니다. 우리는 이 전쟁을 무한히 반복하면서 상대 길드의 능력을 계속해서 떨어뜨리고 또한 보상을 받음으로써 놈들을 파멸시키면 됩니다."

다시 한번 아뮤르 공작이 나섰다.

"녀석들은 헤밀 제국에 씻을 수 없는 죄를 저질렀다. 그 죄가 공개되면 헤밀 제국의 명예가 바닥에 떨어질지도 모르는 바. 정체를 숨기고 놈들을 확실하게 처리하라. 신의 가호까지 받는 장소이니 패배할 경우 죄를 묻겠다. 알겠는가!"

"예! 반드시 승리하겠습니다!"

그제야 모두의 기세가 바뀌었다. 반드시 이기고 말리라는.

명예를 가장 중시하기에 생겨난 현상이었다.

"믿겠다."

이후 몇 가지 사안을 더 언급하고서야 모인 이들을 돌려보냈다.

"고생했네."

"공작님이 더 고생하셨죠."

"그저 작은 도움을 줄 뿐이지. 아무튼 이번 일 잘 처리하고 웃는 얼굴로 보도록 하지."

"그래야죠. 그럼 이만 가 보겠습니다."

인사를 하고 곧바로 칼럼 마을로 향했다.

성민우와 예린이 마을에서 기다리고 있었다.

"왔어?"

"어, 일은 잘됐냐?"

무혁이 웃었다.

"덕분에."

"크, 이게 다 우리 덕분이야. 각 제국이랑 왕국 돌아다니면서 주점마다 찾아가서 소문내느라 얼마나 힘들었다고."

"맞아, 오빠. 아, 피곤하다. 안아줘."

무혁이 예린에게 다가갔다. 그녀를 부드러우면서도 강하게 끌어안았다.

꽈악.

"고생했어."

"헤헤."

그에 성민우가 크흠, 헛기침을 뱉으며 고개를 저었다. 무혁이 예린을 놓아주자 성민우가 생각났다는 듯 박수를 쳤다.

"참, 너! 친구 소개해 준다고 했잖아!"

"아아……?"

"언제 해줄 건데."

"시간 보고."

"하, 계속 미루네, 이게?"

"알았어. 오빠 만나러 서울 갈 때 같이 데려갈게."

"오오, 진짜지?"

"응."

성민우가 곧바로 타깃을 무혁으로 변경했다.

"언제 볼 거냐."

"글쎄?"

"이번 주, 콜?"

"음. 길드전 때문에 힘들지도?"

"아, 젠장. 오케이. 길드전 끝나면 무조건 보는 거다?"

"알았어, 인마."

"좋아, 좋아. 바쁘니까 어서 마을로 들어가자고. 후딱 처리하고 준비해야지."

마침 메시지가 떠올랐다.

[길드 관리소가 완공되었습니다.]

가장 급한 게 해결이 되었다.

"그래, 해야지."

"어디부터?"

"미래의 길드장부터 찾자고."

"미래의 길드장?"

"어, 도란이라고 있어."

곧바로 라카크를 찾아가 도란의 위치를 물었다.

"남문 근처에서 몬스터를 사냥한다고 하더군요."

"고마워요."

"그리고 길드 관리소가 완공되었습니다."

"조금 있다가 봐야겠네요. 고생하셨어요."

"허허, 고생은요. 이제 여관 증축에 힘을 써야지요. 이틀 안으로 최대한 많이 완공하도록 하겠습니다."

"부탁할게요."

간단하게 대화를 나눈 후 군마를 타고 남문으로 이동했다. 가는 길에 성민우가 도란이 누구냐고 물어왔다.

"측근이랄까?"

"측근?"

"어, NPC긴 하지만 레벨도 꽤 높아."

"오호, 몇인데?"

"131이더라."

"와, 대박. 이 작은 마을에 그런 NPC가 있었다고?"

"어, 그래서 길드도 맡기려고."

"오빠, 그 정도로 믿을 수 있는 거야?"

"응, 시스템으로 충성도도 확인이 가능하니까."

"우와, 진짜? 완전 신기하다."

대화를 나누면서 달리니 금세 목적지에 도착했다. 활을 쏘며 주변 몬스터를 학살하고 있는 한 명의 사람이 보였다.

"어, 저기 저 사람 아냐?"

"맞네."

그가 바로 도란이었다.

"도란!"

무혁의 외침에 그가 고개를 돌렸다.

"주군!"

그가 달려오더니 예를 표했다. 절도 있는 동작과 강력한 기세에 성민우와 예린은 잠시간 멍한 표정을 지어 보였다.

"오, 오빠?"

"어쩌다 보니 그렇게 됐어."

"허, 내 친구지만 능력 좋다니까."

"능력은 무슨."

그에 도란이 둘을 쳐다봤다.

"주군, 이분들은……?"

"아, 저는 강철주먹이고요. 이 녀석 친구예요."

"저는 여자 친구, 예린이라고 합니다."

"그러셨군요! 주군을 모시고 있는 도란이라고 합니다. 잘 부탁드리겠습니다."

"아, 네에."

"부, 부담스럽긴 하지만⋯⋯."

"부담 갖지 않으셔도 됩니다."

"그, 그래요?"

"예! 저는 언제까지고 오직 주군만을⋯⋯."

계속되는 헛소리에 무혁이 헛기침을 했다.

"크흠! 뭐, 이야기는 나중에 하고. 일단은 마을로 가자고."

"예!"

한 마리의 군마를 더 소환한 후 도란과 함께 길드관리소로 향했다. 이제 막 지어진 건물이라 그런지 반듯하고 예뻤다. 안으로 들어가니 한 사람이 각종 탁자와 의자를 배치하고 있었다. 그러다 인기척에 고개를 뒤로 돌렸다.

"어? 촌장님!"

무혁을 알아본 그의 상태창을 확인했다.

이름 : 카호메르

레벨 : 21

직업 : 임시 길드 관리소장

직위 : 무

충성도 : 상

특기 : 청소, 안내.

특기가 꽤 재밌었다.

청소, 안내? 청소는 모르겠지만 안내 특기는 나쁘지 않았다. 안내 특기를 잘 발전시키다 보면 탐색이나 지휘로 승급이되기 때문이다. 직업이 없는데 레벨이 21이나 되는 것도 그렇고. 제대로 성장만 한다면 꽤 괜찮을 것 같았다.

"네, 전에 한 번 봤었죠?"

"예? 아, 네! 목책을 세울 때 저도 있었습니다! 지금은 임시로 길드 관리소를 맡고 있고 이름은……."

"카호메르."

"엇? 이름도 아시네요?"

"네."

"와, 가, 감동이에요. 아, 일단 여기 앉으세요. 방금 배치를마쳤거든요."

"고마워요."

자리에 앉은 후 본론을 꺼냈다.

"지금 길드 설립 가능한가요?"

"네, 당연히 됩니다!"

"그럼 길드 하나 만들도록 하죠."

카론 마을에서 나온 첫 번째 길드가 되리라.

"길드장은 도란."

뒤에 있던 도란이 눈을 크게 떴다.

"예? 주, 주군! 제가 길드장이라니요!"

"나는 헤밀 제국에 속한 귀족이라 이번 사건에서는 길드장을 맡기가 애매하거든."

"아, 파라독스와의 문제 때문이군요."

"맞아. 그 사건이 해결될 때까지만 맡아달라고. 어차피 몇 번이고 길드를 해체하고 다시 만들어야 할 테니까."

"알겠습니다, 주군! 그런데……."

"왜?"

"혹시 참전은 안 하시는지."

"해야지, 당연히."

길드장은 안 맡겠지만 용병으로 참전은 할 생각이었다. 조금이라도 더 승률을 높이기 위한 당연한 선택이었다. 놈들을 무너뜨리기 위한 과정은 고생스럽겠지만 이번 사건만 마무리되면 마을 NPC들을 키워 그만의 병력을 만들 생각이다.

충성도가 높은 이들만 측근으로 둔다면 배신의 위험이 없는 상태로 꾸준히 성장할 수 있게 될 것이다. 그러면 앞으로 다시는 거대 길드의 압박에 스트레스를 받지 않으리라. 힘으로 밀어붙이는 멍청한 녀석들을 사병으로 쓸어버릴 수 있게 될 테니까.

"저기, 길드명은 뭐로 하시겠어요?"

"음, 글쎄."

딱히 생각하지 않은 문제였다. 그에 뒤에 있던 성민우가 다가오더니 의견을 제시했다.

"어차피 해체할 거라며?"

"어."

"그럼 아무거나 하자고. 퍼스트, 어때?"

"퍼스트?"

"어. 다음 길드는 세컨드."

"그럴까."

그에 예린도 찬성했다.

"괜찮은 거 같아, 오빠. 이번 사건 마무리 짓고, 제대로 된 길드 만들 때 좋은 이름 써도 되니까."

"그래, 그러면 퍼스트로 하자."

듣고 있던 카호메르가 재차 확인했다.

"퍼스트, 맞나요?"

"맞아."

"길드장은 저기 계신 도란 님이시죠?"

"응."

그가 펜으로 서류를 작성했다.

"다 됐습니다, 촌장님."

동시에 메시지가 떠올랐다.

[길드 '퍼스트'가 설립되었습니다.]
[길드장으로 '도란'이 임명되었습니다.]

이제 길드원을 채워 넣기만 하면 되었다.

첫 길드원은 당연히 무혁이었다.

"용병으로 참가하는 걸로."

"네, 주군!"

"다음은……."

성민우와 예린이었다.

[퍼스트 길드에 가입하셨습니다.]

그렇게 세 사람 모두 퍼스트 길드원이 되었다. 이로써 해결해야 할 큰 문제는 모두 완료가 되었다. 덕분이랄까, 어깨에서 짐 하나를 내려놓은 기분이었다. 이제 남은 시간 동안 사냥하고 아이템을 강화하면서 제국에서 올 NPC를 기다리면 된다.

"자, 사냥하러 가자고."

"주군, 다녀오십시오."

그에 무혁이 고개를 돌렸다.

"뭔 소리야? 너도 가야지."

"저도 말입니까?"

"어."

"그게, 저는 아무래도 약해서 따로 수련을 하고 난 후에 합류하는 것이……."

"그래서 언제 쫓아오려고? 따라와."

"알겠습니다, 주군."

길드 관리소에서 나온 네 사람은 곧바로 남쪽으로 내려갔다. 한참을 이동해 트롤킹 서식지에 도착했을 즈음. 이미 도란은 정신을 반 정도 놓아버린 상태였다.

"여, 여긴……."

도란의 눈동자가 거칠게 흔들렸다.

"트, 트, 트……."

"트롤킹 서식지야."

"여, 여기서, 수, 수련하시는 겁니까!"

"어."

131레벨이면 확실히 두려운 수준의 몬스터이긴 했다. 아무래도 유저와는 달리 목숨이 하나밖에 없는 NPC였으니까.

"크으, 두, 두렵긴 하지만 절대 주군이 다치지 않도록 제가, 제가……!"

"됐고. 이거나 받아."

무혁이 활과 방어구 몇 개를 건넸다.

"이건……?"

"빌려주는 거야. 길드전 끝날 때까지만."

아이템을 받은 도란은 놀란 마음에 손을 바르르 떨었다. 세상을 돌아다닌 시간이 쌓이면서 아이템을 보는 눈이 꽤 높아졌던 것이다. 덕분에 지금 손에 들어온 것들이 얼마나 뛰어난 수준인지 말하지 않아도 알 수 있었다.

"주, 주군."

"이방인의 권능까지 깃든 아이템이니 좋을 거야."

그 권능이란 바로 강화였다. 전부 5강 이상의 아이템이었기에 상당한 도움이 될 것이었다. 트롤킹에게도 대미지를 입힐 수 있을 것이고 레벨 역시 빠른 속도로 올라가리라.

"착용하고 사냥하자고."

"예, 주군!"

감동한 표정의 도란이 아이템을 걸쳤다.

차오르는 고양감.

뭐든지 해낼 수 있을 듯한 강한 힘이 전신을 휘감았다.

"이, 이거……."

"좋지?"

정확한 수준은 도란으로서는 알 수가 없었다. 하지만 엄청 나다는 것만은 느낄 수 있었다. 문득 용기가 샘솟은 그는 저 멀리 보이는 트롤킹을 향해 겁도 없이 화살을 날려 버렸다.

콰아아앙!

강력한 폭발과 함께 트롤킹이 괴성을 내질렀다.

키아아아악!

다가오는 트롤킹의 중앙 오른쪽 부분 살점이 뜯겨 나간 상 태였다. 빠른 속도로 회복되고 있었지만 놈에게 제대로 된 상 처를 입혔다는 것만으로도 놀라운 기분이었다.

"하, 하하……."

"와, 엄청 무서워하더니 먼저 공격했네요."

"잘하셨어요."

성민우와 예린이 그를 격려하더니.

"그럼 우리도 움직여 볼까."

"좋지."

뒤이어 트롤킹을 향해 나아갔다.

쾅, 콰광, 콰콰곽!

압도적인 상황에 도란은 입을 떡하니 벌렸다. 트롤킹 한 마리를 순식간에 녹여 버린 두 사람이 자리로 돌아왔고 도란은 그들을 향해 고개를 숙였다.

"극진히 모시겠습니다!"

"에……?"

가벼운 해프닝을 뒤로하고 본격적인 사냥에 나섰다. 물론 강화에 집중해야 하는 무혁을 제외하고서 말이다.

다음 날 아침. 무혁은 아침을 먹은 후 거실에서 TV를 틀었다. 어제 했던 길드전을 일루전TV로 확인하지 못했기에 오늘 간단하게 시청할 생각이었다. 이미 과정을 모두 알고 있었지만 혹시라도 달라진 부분이 있다거나 착각하고 있는 부분을 수정하기 위함이었다.

-어제 일루전TV를 통해 많은 분이 길드전을 접하셨을 텐데요. 미처 확인하지 못한 분들을 위해 간략하게 소개해 드리는 타임을 갖도록 할게요.

-소개만 하나요?

-아니죠. 소개 이후에는 길드전 하이트라이트 영상도 보실 수 있답니다. 아주 멋지게 편집을 했기 때문에 사실 영화보다 더 박진감이 넘칠 거예요!

-오오, 기대되는걸요.

-기대하셔야죠, 당연히!

-자, 그럼 먼저 소개부터 해주실까요?

-네! 일단 길드전 준비 과정부터 살펴보도록 할게요!

화면이 바뀌었다.

-우선 길드전을 하고 싶은 길드가 있다면 길드관리소를 찾아가시면 된답니다. 관리소에서 길드전을 신청하게 되면 신청을 한 곳의 길드원과 신청을 받은 곳의 길드원 모두가 시스템으로 그 내용을 확인할 수 있게 되거든요.

-호오, 그렇군요.

-네. 이후로는 일정 시간을 기다린 다음 정해진 장소로 이동……

설명되는 과정은 무혁이 알고 있던 것과 다른 게 없었다. 아니, 오히려 부족한 부분이 꽤 많이 보였다. 무혁은 보다 더 많은 정보를 알고 있었으니까. 그래도 하나도 놓치지 않고 끝까지 확인했다.

-다들 이제 길드전 과정을 잘 아셨겠죠?

-그럼 이제 하이라이트 영상을 보는 건가요?

-네, 바로 보도록 할게요!

하이라이트 영상까지 챙겨본 무혁이 방으로 들어가 일루전에 접속한 후 스켈레톤을 소환했다. 가장 먼저 마계에서 획득한 경험치를 확인했다.

[현재 획득한 소환수 경험치 : 145,750]
[스탯으로 변환하시겠습니까?]
[Yes/No]

며칠간 경험치 분배를 하지 않아 상당히 쌓여 있는 상황이었다. 자이언트 외눈박이에게 모든 경험치를 몰아줬다.

[자이언트 외눈박이를 선택했습니다.]

[50,000의 경험치를 사용합니다.]
[자이언트 외눈박이의 힘(5)이 상승합니다.]

[50,000의 경험치를 사용합니다.]
[자이언트 외눈박이의 체력(5)이 상승합니다.]

[40,000의 경험치를 사용합니다.]
[자이언트 외눈박이의 민첩(4)이 상승합니다.]

이후 자이언트 외눈박이와 스켈레톤을 사방으로 퍼뜨려 트롤킹을 잡도록 한 후 아이템을 꺼내어 강화를 시도했다.

2개의 아이템을 5강까지 만들었을 때 도란이 저 멀리서 다가왔다.

"주군, 오셨군요."

"웅. 잠은 잘 잤고?"

"예, 아주 개운합니다."

"배는?"

"어, 조금 고픕니다."

"그럼 뭐라도 먹자."

무혁은 아이템을 인벤토리에 넣고 요리도구와 식재료를 꺼냈다. 간단하게 만든 음식을 도란과 함께 나눠서 먹었다.

[포만감이 차오릅니다.]

잠깐 휴식을 취한 도란이 사냥에 나섰고 무혁은 다시 강화를 이어나갔다. 뒤이어 접속한 성민우 역시 가볍게 인사한 후 사냥에 돌입했다.

"오빠!"

"왔어?"

"웅! 나, 어제 이상한 꿈을 꿨는데……."

예린은 무혁의 옆에서 수다를 떨다가 몸을 일으켰다.

"소환!"

다람쥐와 함께 앞으로 나아갔다. 그러다 허기가 지면 무혁이 해주는 음식을 먹은 후 로그아웃 하여 현실에서 밥을 먹고 재접속했다.

"자, 다시 사냥하자고!"

"으 으……!"

"오빠는 강화할 거지?"

"응. 내일 NPC들 오니까, 조금 더 만들어둬야지."

"알겠어, 힘내!"

도란, 성민우, 예린은 사냥을. 무혁은 또 다시 강화에 집중하며 하루를 꼬박 보냈다. 다음 날도 역시 무혁은 강화를 하면서 헤밀 제국에서 올 NPC들을 기다렸다. 그런데 생각보다 빨리 일단의 무리가 등장했다.

"어? 오빠, 저기."

고개를 돌린 무혁이 미간을 찌푸렸다. 거리가 멀어서 정확하게 구별이 되지 않아 저들이 헤밀 제국에서 온 NPC인지는 확신할 수가 없었다.

사냥을 온 유저인가? 아니면, 정말 NPC들인가? 이렇게 빨리?

이제 막 해가 떠올라 머리 위로 솟아오르는 시점이라 조금 이른 감이 있기는 했다. 그렇다고 일찍 온 게 또 잘못은 아니었기에 일단은 기다려 보기로 했다. 거리가 가까워져야 누구인지 알 수 있을 테니까. 강화를 멈추고 그들을 주시하기를 몇 분. 드디어 제대로 얼굴 구분이 되었다.

"어……?"

"저 새끼들……!"

무혁이 기다리던 이들이 아니었다.

"하아."

내일 오기로 했던 파라독스 부길드장과 그 무리들이었다. 거리가 충분히 좁혀졌을 무렵, 부길드장이 웃으며 무혁에게 손을 내밀었다.

"일찍 왔죠, 생각보다?"

"……."

"아아, 원래 내일 오기로 했는데 일이 수월하게 해결돼서 말이죠. 표정이 이상하네요? 당황하셨나? 악수는 또 왜 안 받아주실까. 뭐, 그건 됐고. 길드 가입, 결정했죠?"

상황이 꽤 난감해졌다. 어쩌지?

길드에 가입하지 않겠다고 하면 곧바로 전투가 벌어질 것이다. 부길드장과 함께 따라온 이들이 현재 20명. 저들을 죽이는 건 문제가 아니었다. 저들을 죽였을 경우 벌어지게 될 상황들이 걱정되는 것일 뿐.

마을에 길드원을 남겨두고 온 거라면?

소식이 전해지는 순간 마을 주민을 모두 해칠 수도 있을 것이다. 물론 얻게 될 페널티가 상당해서 함부로 그런 행동을 할 수는 없겠지만 일말의 가능성조차도 염두에 둬야 하는 입장이 되어버렸다. 도란도 그렇고.

성민우와 예린은 사실 한 번 정도는 죽어도 상관없었다. 되살아나니까. 하지만 도란은 아니었다. 그 역시 NPC이기에 목숨이 하나뿐이었다.

고민은 길지 않았다.

별수 없지. 연기라도 해서 시간을 끌 수밖에.

스윽.

무혁이 손을 내밀었다.

"엥?"

그에 부길드장이 크큭거리며 웃었다.

"이제야 결심이 선 모양이네."

손을 맞잡은 두 사람. 무혁이 먼저 입을 열었다.

"일단 자세한 이야기는 마을로 가서 하죠."

"굳이 그럴 필요가?"

"허기도 지고. 뭐라도 먹으면서 조건 이야기도 나눠야죠."

"아아. 그렇지, 참. 최상위 랭커에 강화 스킬까지 있으신데 대우해 드려야죠, 당연히. 자, 갑시다!"

부길드장이 앞장을 서자 파라독스 길드원이 뒤를 따랐다. 무혁은 고개를 돌려 성민우와 예린, 도란에게 남으라는 손짓을 한 번 보낸 후 멀어지는 파라독스 길드원을 쫓아갔다. 무혁이 꽤 멀어졌을 무렵 성민우가 예린을 쳐다봤다.

"헤밀 제국으로 가야겠는데."

"응? 왜?"

"NPC들, 조금이라도 더 빨리 데리고 와야지."

그들만 마을에 도착하면 이 난감한 상황도 손쉽게 타개할 수 있으리라.

"서두르자!"

"응!"

"도란 님은 쉬고 계세요!"

"아니, 저도……."

"그게 저희를 돕는 겁니다!"

그에 달리려던 도란이 걸음을 멈췄다. 그게 돕는 거라는 말. 이상하게도 자꾸 가슴을 후벼 판다.

젠장……!

저들에 비해 한없이 약하다는 사실을 알기에 부정할 수 없었다. 그렇다고 멍청하게 스스로를 자책하면서 시간을 허비하지도 않았다.

"트롤킹, 이 새끼들 오늘 한번 죽어보자!"

지금 할 수 있는 것에 집중하는 것. 사냥, 그리고 수련. 그것만이 훗날을 대비할 수 있는 유일한 방법이었으니까.

마을에 도착한 무혁의 눈이 빛났다.

뭐야, 없잖아?

파라독스 길드원 다수가 포진되어 있으리라 여겼는데 한 사람도 보이지 않았다. 물론 NPC는 많았고 다른 유저도 꽤 있었지만 파라독스 특유의 문양이 보이지 않았다.

아니, 혹시 모르니까.

저들이 무혁을 낚기 위해서 문양이 그려진 갑옷을 해체한 상태라면? 물론 그렇게까지 할 이유가 없지만 세상에 100퍼센트는 없기에 조금만 더 지켜보기로 했다.

"마을 촌장이니 맛집도 잘 알겠네요."

"네, 알죠."

"그럼 괜찮은 곳으로 안내 부탁하죠."

무혁이 고개를 끄덕인 후 앞장을 섰다. 마을 자체가 크지 않았기에 목적지에 금방 도착했다. 지어진 지 얼마 되지 않는 식당이었지만 주방장의 솜씨가 아주 뛰어난 곳이었다.

"여기 앉죠."

"그럽시다."

자리를 잡고 앉자마자 20명의 인원들이 탁자를 둘러쌌다.

"먹기 전에, 조건부터 들어보죠."

"조건이라……."

정말 여기 있는 인원이 끝인가?

차라리 직접적으로 물어보는 게 나을지도 몰랐다.

"조건을 말하기 전에 한 가지만 묻죠."

"뭡니까."

"절 영입하러 온 건데 여기 있는 인원이 전부입니까?"

"예, 전부입니다. 무슨 문제라도?"

부길드장이 고개를 갸웃거렸다.

"제가 거절하면요?"

"예? 거절이요? 푸하하하, 재밌는 농담을 하시네. 그럴 리가 없잖아요? 지금까지도 그런 적이 없었고 앞으로도 그럴 일은 없을 겁니다."

그제야 깨달았다. 눈앞에 있는 녀석들이 파라독스 길드라는 배경을 맹신하고 있음을. 즉, 이들은 길드 가입 권유를 절대 거절하지 않으리라 확신하는 것이다.

"큭."

"왜 웃으시는지?"

"아, 신념이 대단해서요."

"파라독스 길드에 들어오면 무혁 님도 그런 마음이 절로 생기게 될 겁니다. 자, 이제 조건을 들어보도록 하죠. 원하는 게 있습니까?"

무혁이 웃었다.

"안타깝지만 전 원하는 게 없군요."

"음?"

"가입하지 않을 생각이거든요."

"예? 지금 뭐라고……."

"가입 권유, 거절한다고 했습니다."

부길드장이 미간을 꿈틀거렸다.

"하, 하하. 지금 방송 중이라고 이러는 겁니까? 물론 인맥, 귀찮죠. 힘 있는 유저도 꽤 시청하고 있는 걸로 압니다. 근데 하나만 명심하세요. 파라독스 길드는 원한을 절대 잊지 않습니다. 시비를 걸면 그 10배, 아니, 100배에 달하는 수준으로 갚아주는 게 원칙이거든요. 그러니 쓸데없이 팅기는 짓은 그만두고 조건이나 말하세요."

무혁은 대답하지 않았다. 팔짱을 낀 채 눈앞에 있는 부길드장을 쳐다볼 뿐이었다. 그 태도에 짜증이 났는지 부길드장이 주먹으로 탁자를 내려쳤다.

"마지막 기회입니다. 조건, 말하세요."

역시 무혁은 입을 열지 않았다.

잠깐의 침묵이 흐르고. 부길드장은 몇 가지 생각이 빠르게 스치고 지나간다. 이곳은 무혁이 촌장으로 있는 마을이다. 게다가 그는 엄연히 헤밀 제국의 귀족이 아니던가. 설마 죽이면 문제가 발생하는 걸까? 그래서 뻐기는 건가.

그런 걱정과 함께. 가입 권유를 거부한 무혁에 대해, 저 아무렇지도 않은 여유로움에 대해 분노가 피어올랐다. 그래 봐야 일개 유저가 아닌가. 상대가 누구라도 망설임 없는 곳이 바로 파라독스 길드다.

결정을 한 그가 손을 들었다.

"죽여."

그에 무혁을 포위하고 있던 이들이 각종 스킬을 난사했다. 물론 그 공격들이 닿기 전에 무혁이 파워대시를 사용했다.

[870의 대미지를 입습니다.]
[632의 대미지를 입습니다.]
[719의 대미지를 입습니다.]
[칼럼 마을과 파라독스 길드 간에 적대 관계가 형성됩니다.]

방패를 꺼낼 시간이 없어 몇 개의 공격을 적중당했지만 방어력과 HP가 워낙에 높아서 크게 문제가 되진 않았다. 그사이 폭발을 꿰뚫고 모습을 드러낸 무혁은 스킬의 효과로 인해 무서운 속도로 뻗어 나갔다.

순식간에 부길드장의 명치를 어깨로 가격할 수 있었다.

콰아앙!

직후 윈드 스텝을 사용하여 건물의 출입구로 향했다. 문을 열 시간은 없었기에 별수 없이 몸으로 들이받아 버렸다. 콰직, 하고 부서진 문을 통해 거리로 나섰고 자리에 멈춘 무혁은 스켈레톤을 소환하여 건물 전체를 포위해 버렸다.

키릭, 키리릭.

기다리고 있으니 부서진 문으로 나오는 파라독스 길드원들이 보였다. 투구를 착용하지 않은 이들은 하나같이 기괴한 미소를 짓고 있는 상태였다. 마치 이런 상황이 벌어진 게 아주 재밌다는 표정이었다.

"하, 재밌네."

뒤늦게 등장한 부길드장도 웃었다.

"촌장이라 그런가? 칼럼 마을이 우리 길드랑 적대 관계가 형성되어버렸네? 그럼 여기 있는 NPC들 다 죽여도 되는 거잖아? 크큭."

안 그래도 재수가 없었지만 저 말은 정말 분노가 끓을 정도였다.

"미친 새끼."

욕을 내뱉은 무혁이 스켈레톤을 지휘했다.

키리릭!

아머나이트와 아머기마병, 그리고 자이언트 외눈박이가 20명의 유저들을 향해 달려들었다. 단지 그것만으로도 상당한 압박을 받았는지 파라독스 길드원이 방패를 꺼냈다. 가장 먼저 도착한 아머기마병의 무기가 그들의 방패를 두드렸다.

캉, 카가가각!

일부 유저가 움찔거리며 뒤로 밀려났다.

"겨우 소환수 따위한테 밀리는 거냐!"

"그, 그게……!"

"밀리면 죽을 줄 알아!

무혁이 피식하고 웃었다. 겨우 소환수라. 진화를 마친 아머나이트와 같은 경우에는 겨우라는 단어를 붙일 수 있는 수준이 아니었다.

이름 : 아머나이트12

레벨 : 159

HP : 10,295

MP : 4,145

힘 : 145 / 민첩 : 131 / 체력 : 152

지식 : 65 / 지혜 : 66

물리 공격력 : 510+190

방어력 : 187+65

마법 방어력 : 90+80

공격 속도 : 245+12%

이동속도 : 172.5+12%

반응속도 : 113.1%+3%

공격력이 700. 방어력과 마법 방어력이 조금 낮지만 HP가 높아 충분히 커버가 가능했다. 게다가 스탯이 워낙에 높아서 공속, 이속, 반응속도가 높다는 이점이 있었다.

이 정도라면 아이템 착용이 자유로운 130레벨 중, 후반 유저와 비교해도 뒤떨어지지 않는 수준이었다. 이와 흡사한 능력을 지닌 아머 스켈레톤만 67마리. 이보다는 능력치가 많이 떨어지지만 그래도 100레벨 유저와 흡사한 수준의 검뼈, 활뼈와 같은 일반 스켈레톤이 64마리. 여기에 압도적인 수준의 자이언트 외눈박이까지. 총 132마리의 스켈레톤이 사방을 에워싼 이상 저들 20여 명의 파라독스 길드원은 결코 살아남지 못하리라.

"쓸어버려."

무혁의 명령에 아머아처와 아머메이지도 공격에 가담했다.

쾅, 콰과과광!

파라독스 부길드장과 길드원 전부가 반항했으나 스켈레톤을 이길 정도는 아니었다. 한 명이 죽어 나가고, 아이템을 떨어뜨리고. 근처에 있던 아머나이트가 아이템을 들고선 무혁에게로 향한다. 또 다른 길드원이 녹아버리고 아이템을 떨어뜨린다. 근처 아머나이트가 또다시 아이템을 들고선 무혁에게로 향했다.

아이템을 받은 무혁이 옵션을 확인했다.

괜찮은데?

웃으며 인벤토리에 아이템을 넣고 남은 이들을 쳐다봤다.

"이, 개새……!"

"두고 보자!"

스켈레톤의 압도적인 위력에 저들은 제대로 된 반항조차 하지 못했다. 되지도 않는 욕을 내뱉으며 비틀거린다.

멈춰.

그때 무혁이 소환수로 벽을 쌓아놓은 상태로 인벤토리에 손을 넣었다. 꺼낸 것은 한 자루의 단검.

스윽.

[백마군의 붉은 단검+6]

……

[갈취하는 손]

마지막 일격을 가할 경우 상대방의 스탯을 랜덤으로 뺏어온다.

(항시 적용. 단, 몬스터에게는 적용되지 않는다.)

남은 녀석들에게 다가가 단검을 그었다.

[붉은 단검에 쌓인 사기가 캐릭터에게 전이됩니다.]
[힘(0.1)이 상승합니다.]

[붉은 단검에 쌓인 사기가 캐릭터에게 전이됩니다.]
[민첩(0.1)이 상승합니다.]

[붉은 단검에 쌓인 사기가 캐릭터에게 전이됩니다.]

[체력(0.1)이 상승합니다.]

죽으면서 떨어뜨린 아이템은 덤이었다.

이제 시작인가.

문득 그런 생각이 들었다. 이번 길드전이 끝나면 과연 얼마나 더 성장해 있을까. 걱정과 희열이 동시에 차올랐다.

무혁의 TV가 오랜만에 뜨겁게 타올랐다.

-ㅋㅋㅋㅋㅋㅋㅋㅋㅋㅋㅋㅋㅋ

-ㅁㅊ겠다ㅋㅋㅋㅋㅋ

-와, 알고는 있었지만……. 진짜 강하네요.

-파라독스 부길드장이라더니, 뭐 없네요.

-그래도 마지막까지 끈질기게 버티기는 했잖아요. 나름 부길드장이라 이거겠죠?ㅋㅋ 그래봐야 쏟아지는 마법이랑 뼈 화살에는 녹아버렸지만요.

-아이템은 선물ㅋㅋㅋ

-문득 호기심 하나! 자이언트 외눈박이는 몇 레벨 유저까지 1:1로 이길 수 있을까요?

-제가 보기엔 150레벨도 1:1이 이길 듯ㅋㅋㅋㅋ

-동감.

-크, 아머나이트는요?

-아머나이트 한 마리면 120레벨 유저도 그냥 바를 거 같은데요?

-캬…….

-부럽다, 죽인다, 개 멋있다!

-ㅠㅠ 조폭 네크라고 다 저런 건 아님요.

-그렇겠죠…….

-전 120레벨 조폭 네크 유저인데 힘들어 죽겠어요ㅠㅠ

-그 정도예요?

-네. 그나마 진화라도 시키면 쓸 만하기는 한데 나머지 애들은 그냥 아무것도 못해요…….

-들어보니까 뼈 조립? 머 그런 게 있다던데.

-ㅇㅇ, 있죠.

-그거 꾸준하게 하면…….

-저도 그거만 믿고 노가다 하고 있어요ㅠㅠ

이야기가 잠시 다른 곳으로 새었으나 금세 본래의 주제로 돌아왔다.

-그보다, 이제 파라독스 길드는 어떻게 나오려나요?

-음, 길드원 겁나게 몰려와서 복수하겠죠?

-그럼 무혁 님은……?

-솔직히 실력자 한 200명만 와도 못 막을 듯.

-파라독스는 척살령 떨어지면 최소 500명은 보낸다고 들었음요.

-왜 그렇게까지?

-절대로 못 벗어나게끔 포위망을 형성한다던데요? 그러고는 장난치듯이 죽인다고 들었어요. 이후에는 되살아나는 곳으로 향해서 대기한

다고 들었고요ㅋ 무혁 님은 강하니까 한 1천 명은 보내지 않겠음?

-허…….

-와, 어떻게 될지…….

-전 믿어요. 무혁 님이라면 무조건 이겨낼 수 있을 거임!

-글쎄요……. 저도 그랬으면 좋겠지만 이번에는 힘들지도…….

누군가는 부정적인 견해를. 또 누군가는 일말의 기대를 지닌 채로. 무혁을 두 눈에 담았다.

무혁은 먼저 시청자에게 양해를 구했다.

"파라독스 길드에게 제 상황이 유출될 우려가 있어서 지금은 방송을 꺼야 할 것 같습니다. 금방 다시 방송 켤 테니까 조금만 기다려 주세요. 그동안은 개인적으로 녹화할 예정이고 녹화분은 나중에 일루전TV를 통해서 공개하겠습니다."

인사를 마친 무혁은 방송을 끄고 트롤킹 서식지로 향했다. 저 홀로 트롤킹을 힘들게 사냥하고 있는 도란이 보였다.

"도란!"

"주군!"

"나머지 두 사람은?"

"헤밀 제국으로 떠난다고 했습니다."

"제국으로?"

"네, 누굴 조금이라도 더 빨리 데려와야 한다면서……"

생각보다 상황이 좋았다.

똑똑한데?

누구 의견인지는 모르겠지만 1,700명의 대규모 인원이 도착하기만 한다면 파라독스 길드도 함부로 시비를 걸지 못하리라. 혼란스러운 그때 길드전을 신청하면 상황을 바꿔놓을 수 있을 것 같았다.

"일단 마을로 가자고."

"예, 주군!"

군마를 타고 마을로 돌아온 무혁은 도란에게 휴식을 명령한 후 홀로 아벤소 마을로 향했다. 칼럼 마을로 오기 위해선 가장 가까운 아벤소 마을로 워프를 탈 것이 분명했기 때문이다. 다른 곳으로 온다면 군마를 타더라도 5시간은 걸릴 테니 크게 걱정하지 않아도 되리라.

"워어."

한참을 달리던 무혁이 자리에 섰다.

벌써……?

저 멀리 다가오고 있는 일단의 무리가 보였다. 정확하지는 않았지만 숫자나 기세로 봐선 파라독스 길드원이 분명했다. 얼핏 봐도 500명은 넘어 보였는데 그들 모두가 군마에 탑승하고 있었다. 적당한 곳에 몸을 숨긴 무혁은 그들이 가까워지기를 기다렸다.

최대한 시간을 끌어야 돼.

적어도 칼럼 마을에는 발을 딛지 못하도록 만들 심산이었다. 혹여라도 저들이 칼럼 마을에 도착한다면? 그곳에서 벌어질 참상은 보지 않아도 추측할 수 있었다.

마을 주민을 죽이겠지. 그것만큼은 반드시 막아내리라.

"얼마나 남았어?"

"지금 속도라면 50분 정도면 도착할 겁니다."

"빨리 끝내고 쉬자고."

"예!"

떠드는 소리가 들릴 정도로 거리가 좁혀졌다.

놈들을 막아서기 위해.

"리바이브."

몬스터 다수를 되살려 냈다.

갑자기 나타난 무수한 몬스터.

"음? 갑자기 몬스터?"

"리젠 된 건가?"

"좀 이상해 보이긴 하는데……."

50마리가 넘는 숫자였지만 파라독스 길드원은 당황하지 않았다. 여기에 나타나는 몬스터 수준이야 뻔했기 때문이다.

"귀찮으니 처리하고 가자고."

"예!"

마법사나 궁수와 같은 원거리 유저들이 스킬을 뿜어내어 놈들을 처리한 직후.

화아아악.

다수의 스켈레톤이 반원의 형태로 나타나 그들의 길을 가로 막았다. 순간 당황한 파라독스 길드원이었지만 이내 상대가 무혁임을 깨닫고는 실실거리며 웃었다.

"참, 나. 이번에는 스켈레톤?"

"그럼 방금 전 몬스터는 리바이브였네."

"그렇구만."

하지만 그들이 방어 태세를 갖추기도 전, 아머메이지와 아머아처를 비롯한 수십의 스켈레톤이 공격을 쏟아부었다.

쾅, 콰과과쾅!

그에 몇 명의 유저가 단번에 죽어버렸다. 그런데 그 몇 명의 유저가 하필이면 조폭 네크로맨서였다. 덩달아 탑승하고 있던 군마 다수가 사라졌다.

"이런 시발, 정신 똑바로 안 차려! 군마가 사라졌잖아! 조폭 네크 유저는 무조건 보호하라고, 새끼들아!"

"아, 알겠습니다!"

순식간에 분위기가 바뀌었다.

"하필이면……!"

모두들 장난스러운 태도를 버렸다. 10명씩 조를 만들더니 앞으로 방패를 든 세 명의 사내가 나타나 공격을 막아냈다.

"그 새끼, 지금 여기에 나타난 거지?"

"그렇지."

"왜 온 거지?"

"글쎄. 시간이라도 끌려는 건가?"

"시간이라……?"

"내가 보기에는 그냥 정신 나간 미친놈이야. 싸우고 싶어서 안달이 난 거지."

"그건 아닌 것 같은데."

"야, 솔직히 알 게 뭐냐. 그냥 죽이면 되는데."

"그렇긴 하지. 근데 어디에 있는 거야?"

"숨어 있겠지, 뭐."

그때 선두에 있던 대장이 손을 들었다.

"각 조에서 한 명씩 흩어져서 놈을 찾아! 조폭 네크로맨서는 군마 10마리 정도를 겨우 소환하는 중간 레벨의 길드원이니 최대한 피해가 오지 않는 곳으로 물러나라! 진로를 방해할 우려가 있으니 되도록 스켈레톤 역시 소환하지 않도록 하고! 탱커는 그들을 보호하는 것에 주력하도록! 이상!"

명령이 전달되자마자 각 조에서 한 명씩 빠지더니 사방으로 퍼졌다. 무혁은 그들의 움직임을 바라보며 거리를 벌렸다. 어차피 시야 확보 스킬이 있고 사정거리 역시 상당하기에 굳이 이곳에 있을 필요가 없었다. 그러는 사이 소환수와 파라독스 길드원의 전투가 시작되었다.

"나머지는 공격 준비해!"

"원거리부터 공격!"

"몬스터한테 사용해서 아직 쿨타임 안 돌아왔습니다!"

"병신 같은⋯⋯!"

리바이브에게 스킬을 난사한 덕분에 스켈레톤은 피해를 최소화한 상태로 최대한의 대미지를 입힐 수 있었다.

하지만 시간이 충분히 지나 스킬 쿨타임이 돌아오면서부터 분위기가 반전되었다.

유저들의 각종 마법과 원거리 스킬이 스켈레톤에게 뻗어 나갔다.

아머나이트가 앞으로 나서 열을 맞춘 후 방패를 내밀었지만 500명이 넘는 대규모 인원의 공격이었다. 계속되는 스킬을 막을 정도도 단단하지는 않았다.

['아머나이트7'이 역소환됩니다.]

['아머나이트5'······.]

결국 한 마리씩 사라지기 시작했다.

그 순간 자이언트 외눈박이가 앞으로 나섰다.

콰과과광!

공격을 맞으면서도 멈추지 않았다.

"저, 미친!"

"죽여 버리라고!"

그 순간 원거리 공격이 멈췄다.

"왜 멈춰!"

"시발, 스킬이 무한대냐!"

"다들 닥치고! 근접 계열, 앞으로!"

"앞으로!"

나아가던 자이언트 외눈박이가 속도를 내기 시작했고 뒤쪽에 대기하고 있던 아머기마병 역시 지면을 강하게 찼다. 그에 정면에 있던 유저들이 방패를 들어 올리면서 놈들과 부딪혔다. 하지만 아머기마병의 달려드는 힘이 고스란히 실려 돌격을 완벽하게 막아낼 순 없었다.

"뭔 힘이……!"

지면을 쓸면서 유저들이 밀려났고 그 모습에 뒤쪽에 있던 이들이 가세했다. 그것만으로도 부족해서 수십의 유저가 더 나서고서야 막아낼 수 있었다. 하지만 거기서 끝이 아니었다. 자이언트 외눈박이가 합세하면서 또다시 뒤로 밀려났다.

"시바아아알!"

거기에 아머나이트까지. 순식간에 난전으로 번졌다.

"상대하는 놈들 제외하고 나머지는 퍼져!"

"넓게 포위하라고!"

뒤쪽에 있던 파라독스 길드원이 좌우로 퍼졌다. 그 순간 쏟아지는 뼈 화살로 인해서 포위망 구축이 늦춰졌다.

"아, 진짜!"

"무시하고 포위망부터 만들어!"

결국 숫자를 이기지 못하고 포위망이 만들어졌다. 이곳에 모인 파라독스 길드원만 500에 가깝다 보니 스켈레톤이 감당하기엔 버거웠다. 하지만 자이언트 외눈박이의 활약으로 조폭 네크로맨서 유저 몇 명을 더 처리할 수 있었다.

"이런, 젠장할!"

열세를 딛고 파라독스 길드원을 50명 넘게 죽였다. 조폭 네크로맨서 유저만 10명은 처리한 것 같았다. 그들이 소환하고 있던 군마 역시 사라졌다. 칼럼 마을로 향하는 시간이 대폭 늘어나게 된 것이다.

●

의견은 두 가지로 나뉘었다.

"일부라도 먼저 보내는 게……."

"그래도 40분은 가야 되잖아? 그 사이에 무혁한테 걸리면 몰살당할지도 모른다고."

"몰살?"

"방금 전, 500명서 상대해도 50명이 죽었어, 새끼야. 냉정하게 파악하자고."

길드원의 의견을 듣고 있던 타격대장이 결론을 내렸다.

"따로 떨어지면 피해만 커질 뿐이야. 함께 이동한다."

"예!"

그렇게 걸어가기를 30분.

키리릭!

리바이브로 되살아난 몬스터와 스켈레톤이 길을 막아섰다. 처음처럼 당황하진 않았다. 순식간에 태세를 갖추고 몬스터와 스켈레톤을 상대했다. 선두에 포진되어 있던 몬스터들이 순식간에 녹았고 그 틈을 노리며 달려들던 아머기마병 역시 역소환을 당했다. 그 뒤에 있던 아머기마병이 먼지를 꿰뚫고 나왔으나 쏟아지는 스킬에 적중당하면서 다시 한번 역소환. 그럼에도 멈추지 않고 끝없이 밀고 나갔지만 파라독스 길드원의 수가 너무 많았다. 도대체 몇 마리나 역소환이 되었을까.

"뭐야! 원거리 공격 안 해!"

"스킬 다 썼습니다!"

"화살이라도 날려!"

강력한 스킬 공격이 멎은 찰나의 순간, 아머기마병의 뒤에서 부르탄이 튀어나왔다.

기파가 내리꽂혔고.

"크윽⋯⋯!"

전면에 위치한 유저 대부분이 휘청거리는 순간 허공에서 자이언트 외눈박이가 떨어졌다. 직후 한 발로 바닥을 내려치면서 포효를 내질렀다. 부르탄의 기파는 앞쪽 반원의 형태로 뻗어나가지만 자이언트 외눈박이의 포효는 사방으로 뿜어지는 형태였다. 덕분에 주변에 있던 유저들 대부분이 큰 피해를 입으며 휘청거렸다. 그 순간을 노리며 날아드는 메이지와 아처의 마법과 화살들.

"저, 저기⋯⋯!"

"방패!"

포효에 영향을 받은 이들은 방패를 들지 못했다. 그 탓에 공격에 고스란히 노출이 되었고 HP가 낮은 이들은 그대로 즉사했다.

뒤이어 돌진한 아머기마병의 아머나이트. 순식간에 난전이 되면서 또다시 파라독스 길드원은 한 명씩, 목숨을 잃어갔다.

"다시 포위해!"

"숫자로 밀어붙이라고!"

"침착하게 대응해라!"

이번에도 상당한 피해를 주고 스켈레톤이 전멸당했다.

파라독스 길드원 500명을 이끌고 왔던 타격대장, 대포탄.

"환장하겠군."

걸음을 옮기면서도 가슴이 답답해졌다.

"그래서, 남은 인원이 몇 명이야?"

타격 부대장이 대답했다.

"확인한 결과 첫 번째 전투에서 53명. 방금 전 전투에서 69명이 사망했습니다. 현재 남은 인원은 378명입니다."

"122명이나 죽었다고? 겨우 소환수한테?"

"예……"

"하, 어이가 없으려니까."

"그런데……."

"또 뭐!"

"칼럼 마을에 도착하려면 지금 속도로는 1시간 이상은 더 가야 합니다."

"그래서?"

"또 나타날 가능성이……."

타격 부대장의 보고에 대포탄이 미간을 찌푸렸다.

"그 새끼 찾으라고 보낸 녀석들은 뭘 한 거지?"

"주변에는 아무리 찾아도 없어서……."

"그럼 범위를 넓히면 되잖아?"

"그, 그 인원으로는 부족해서……."

"해골 뼈다귀 새끼들, 다시 나타나면 50명 탐색 인원으로 보내. 탐색 인원은 지금 미리 짜두고, 알겠어?"

"예."

"무려 50명이야. 너, 부대장이잖아? 똑바로 지휘하라고, 새끼야. 이번에도 놓치면 길드에서 탈퇴 당한다고 생각해라. 알겠냐?"

분노가 담긴 낮은 울림이었다.

"아, 알겠습니다."

"후, 진짜 장난하는 것도 아니고. 속도나 높여!"

"예, 속도 높여라!"

"속도 높이랍니다!"

그들의 우려는 얼마 지나지 않아 현실로 다가왔다.

또다시 나타난 몬스터와 스켈레톤.

"지시한 대로 움직여!"

"예!"

50명이 수색을 위해 사방으로 흩어지고 나머지 길드원이 스켈레톤을 상대했다. 꽤나 치열했던 전투가 끝나고 대포탄이 인원을 확인했다.

"줄 똑바로 서!"

"예!"

살아남은 이들은 총 254명. 탐색으로 나간 50명을 포함하면

304명이었다.

"돌아버리겠군. 74명이나 죽었다는 건가."

마침 탐색조가 돌아왔다.

"그 새끼는?"

"못 찾았습니다."

"이 새끼들이, 진짜 장난하나!"

"다, 다음에는 반드시……."

"됐고, 너 나와."

타격 부대장이 한 걸음 내디뎠다.

"길드 탈퇴해라, 알겠냐?"

"그, 그건……."

"꺼져. 위에는 내가 이야기할 테니까."

"대, 대장! 한 번만 봐주세요!"

"꺼지라고!"

대포탄이 주먹을 휘둘렀다.

콰앙!

정말 대포라도 터진 듯 강력한 폭발이 일어났고 그 한 방에
부대장이 즉사했다.

"거기, 너."

"예, 예!"

"앞으로 네가 부대장이다."

"아, 알겠습니다!"

"다음번에도 그 새끼, 못 찾으면 너도 탈퇴해라. 알겠냐?"

"예……!"

"후, 휴식은 여기까지. 출발한다."

다시금 앞으로 향하는 그들. 정확히 30분이 지났을 무렵 나타난 스켈레톤에게 85명이 사망했다. 남은 인원은 겨우 219명. 반절 이상이 소환수에게만 죽어버린 것이다.

"이, 멍청한 새끼들이……!"

목구멍까지 차오른 분노가 입을 통해 발산되려는 순간.

"타격 대장님! 찾았습니다!"

"뭐? 어디!"

"저기서 전투 중입니다!"

"모두 앞으로! 넌 어서 안내하고!"

"예!"

"뭐야, 뭔데?"

"무혁, 그 새끼 찾았단다!"

"찾았답니다, 무혁 새끼!"

"시발, 드디어 찾았구만. 개새끼, 죽여 버린다!"

"다들 서두르라고!"

독기에 찬 파라독스 길드원들. 모두가 전력을 다해 무혁이 있는 곳으로 달려 나갔다. 결국 파라독스 길드 탐색조에게 위치를 들키고 말았다.

별수 없지.

칼럼 마을까지의 거리가 얼마 되지 않는 상태였기에 이젠 위험을 무릅쓸 수밖에 없었다. 일단은 수색을 위해 나온 50여 명의 탐색조원 일부라도 처리를 할 심산이었다.

윈드 스텝, 풍폭.

눈앞에 있는 유저의 측면으로 이동해 갑옷이 막아주지 못하는 틈을 노리며 백마군의 붉은 단검을 찔렀다.

푸욱.

덕분에 크리티컬이 터졌다.

[크리티컬이 터집니다.]

[1,384의 대미지를 입힙니다.]

[크리티컬이 터집니다.]

[1,386의 대미지를 입힙니다.]

스킬을 사용하지 않은 두 번의 공격을 성공시킨 후 몸을 틀었다.

파워대시.

비정상적인 움직임, 그렇기에 예측할 수 없는 방향성으로 한 명의 유저를 더 타격했다. 몸을 틀면서 검을 내리그었다.

풍폭, 십자 베기.

폭발이 터지면서 길드원 한 명이 넘어졌다.

점프하여 떨어지며 검을 꽂았다.

"젠장……"

희미해지며 사라지는 유저.

[붉은 단검에 쌓인 사기가 캐릭터에게 전이됩니다.]
[힘(0.1)이 상승합니다.]

떨어뜨린 아이템을 회수하는 사이 등에서 둔탁한 느낌이 올라왔다. 강력한 폭발로 인해 몸이 절로 앞으로 날아갔다.

[619의 대미지를 입습니다.]
[523의 대미지를 입습니다.]

두 번의 공격 모두 스킬임에 분명했지만 HP는 겨우 1,100이 조금 넘게 줄었을 뿐이었다. 현재 무혁의 방어력이 700이 넘고 방패를 사용하지 않아도 충격 흡수율이 15퍼센트에 달하기에 가능한 일이었다.

"지금이야, 잡아!"

"죽이라고!"

정면에 있던 유저들이 공격을 해왔다.

방패를 앞으로 내밀었다.

[103의 대미지를 입습니다.]
[91의 대미지를 입습니다.]

뒤로 팅겨가면서도 무혁은 웃었다.

이 정도라면……. 제대로 날뛸 수 있을 것 같았다.

"후우."

바닥에 내려앉은 무혁이 서둘러 중심을 잡고서 몸을 일으켰다. 검과 방패의 손잡이를 강하게 쥐며 읊조렸다.

짓이겨 주마. 칼럼 마을에 한 발도 내디딜 수 없도록.

정면으로 달려 나가며 검을 휘두른다.

윈드 스텝, 풍폭.

스켈레톤이 없어서인지 MP는 무서운 속도로 차올랐다. 소환수를 유지할 땐 MP를 관리해야 해서 제대로 싸우기가 힘들지만 지금은 상황이 다르다. 소환수가 다 사라진 상태기에 전력을 다할 수 있으리라.

"리바이브."

[주변을 떠도는 몬스터의 영혼(26마리)을 발견했습니다.]

[기존 몬스터의 신체를 사용하시겠습니까?]
[Yes/No]

예스를 선택하자 몬스터가 사방에서 튀어나왔다.

"약화, 근력 증가, 체력 증가."

푸른빛이 무혁과 리바이브로 되살려낸 몬스터에게 떨어지더니 이내 흡수되었다.

[범위 내에 있는 적군의 능력이 30분간 10퍼센트 하락합니다.]
[범위 내에 있는 아군의 힘이 30분간 10 상승합니다.]
[범위 내에 있는 아군의 체력이 30분간 10 상승합니다.]

근력 증가와 체력 증가의 효율은 미미하리라. 레벨이 낮은 몬스터를 되살린 터라 방패 대용으로밖에 사용할 수 없기 때문이다. 하지만 약화는 다르다. 무려 10퍼센트가 신체 능력이 하락한다. 그 정도라면 무혁에게는 아주 큰 차이였다.

"이런, 시발. 뭐야, 이거!"

"10퍼센트……?"

"아, 놔. 죽어, 이 새끼야!"

열이 받은 유저 다수가 스킬을 쏟아낸다.

윈드 스텝으로 서둘러 옆에 있는 몬스터의 뒤에 몸을 숨겼다.

어둠의 정령 소환. 나타난 어둠의 정령은 마구잡이로 날아다녔다. 파라독스 길드원에게 방어 무시 대미지를 꾸준하게 입히리라.

쾅, 콰과광!

직후 녹아버린 몬스터를 바라보다 측면으로 달려나가 마주 오는 유저를 상대했다.

카가각!

검과 검이 부딪히며 불꽃이 일어나고.

흐읍!

반동을 이용해 뒤로 뻗어 나가 다른 유저에게 검을 그었다.

날아드는 화살이 보였지만 이건 피하기가 애매했다. 무시한 채로 눈앞에 있는 유저를 밀어붙였다.

"힐, 힐 달라고!"

"나, 나도 힐 좀!"

"갑자기 무슨 소리야!"

"몰라, 이상한 게 자꾸 HP를 갉아먹고 있다고!"

"버텨, 새끼야!"

"새, 생각보다 대미지가 커!"

갑작스러운 소란에 무혁을 상대하던 유저가 악을 질렀다.

"시발, 닥치고 나한테 먼저 힐 쏴!"

마침 쿨타임이 돌아온 십자 베기를 사용했다.

"아, 시바알……."

결국 눈앞에 있던 유저를 쓰러뜨렸다.

[붉은 단검에 쌓인 사기가 캐릭터에게 전이됩니다.]
[지식(0.1)이 상승합니다.]

떨어진 아이템을 서둘러 주워 인벤토리에 넣은 후 옆으로 구르며 방패로 몸을 보호했다.

콰과과과광!

폭발과 함께 몸이 바닥을 쓸었다.

"지금이야!"

서둘러 남아 있는 몬스터를 한곳으로 모았다. 유저들이 득

달같이 달려드는 길목이라도 차단하기 위해서였다.

"아, 진짜 귀찮게!"

몬스터는 순식간에 사라졌지만 그 짧은 틈에 몸을 일으킨 무혁이 윈드 스텝을 사용해 멀찍이 거리를 벌렸다.

풍폭, 멀티샷. 풍폭, 강력한 활쏘기. 죽은 자의 축복.

거리가 좁혀지면 다시 윈드 스텝을 사용해 뒤로 물러난 후 화살을 날렸다. 몇 번은 통했지만 반복되다 보니 유저들도 대응하기 시작했다.

"일부는 시선 끌어!"

"오케이!"

"나머지는 퍼지라고!"

생각보다 일사불란한 움직임이었다. 그 탓에 무혁이 포위되었다.

"됐어!"

"끝내 버리자고!"

사방에서 스킬들이 쏘아졌다.

이런……!

빠져나갈 곳이 없었다. 다급히 몸을 웅크리며 스킬이 가장 많이 날아온다고 생각되는 곳으로 방패를 내밀었다.

콰과과광!

방패가 위치한 곳의 피해는 적었다. 기껏해야 스킬 한 방에 90정도의 HP가 줄어들 뿐이었으니까. 하지만 그렇지 않은 곳은 이야기가 좀 달랐다.

[517의 대미지를 입습니다.]
[531의 대미지를 입었습니다.]
[609의 대미지를…….]

벌써 열 개가 넘어서는 스킬에 명중 당했다. 5,000이 조금 넘는 HP가 줄어들었고 남은 HP는 7,000가량이었다.
아직은 여유가 있었다.

[619의 대미지를 입었습니다.]
[499의 대미지를…….]

그사이에도 공격은 계속되었다.
HP가 4,000가량이 남았을 즈음.
익스체인지.
넘쳐 나는 MP를 HP로 바꿔 버렸다.

[MP를 HP로 전환합니다.]
[MP(6,000)가 소모되고 HP(6,000)가 회복됩니다.]

HP가 만이 넘었지만 공격은 여전했다.

[555의 피해를…….]

5천의 HP가 더 줄어들고서야 공격이 멈췄다.

"후우……."

치솟은 먼지로 인해 시야가 가려진 상황.

"죽었겠지?"

"장난하냐? 스킬이 몇 갠데. 게다가 그대로 다 맞았잖아."

"여긴 방패로 막기는 했어."

"야, 여기 뒤쪽은 무방비였다고, 끝났어!"

그것은 파라독스 길드원 역시 마찬가지.

"하긴……."

"여기서 살아남으면 그건 유저가 아니라 괴물이야, 괴물. 버그 썼다고 제보할 거라고."

그들의 대화에 서늘한 웃음이 피어오른다. 방심하고 있는 지금이 한 명 이상을 죽일 수 있는 절호의 기회였으니까.

"야, 바람 마법 없냐?"

"쿨타임 안 돌아왔는데."

"하, 그럼 기다려야지, 뭐."

시간이 지나도 먼지는 쉽사리 사라지지 않았다.

"아, 시발. 그냥 확인해 보자고."

"그러든가."

때마침 강풍이 불어왔다.

"어, 바람이네. 이제 보이겠다."

무혁은 날아가는 흙먼지를 쫓아갔다. 조금이라도 더 오랫동안 모습을 감추기 위함이었다. 몇 걸음을 옮겼을 즈음, 바람이 하늘로 솟구친 탓에 무혁의 모습이 드러났지만 이미 지척에는 무방비 상태의 파라독스 길드원 한 명이 위치한 상태였다. 손에 지팡이를 지니고 있는 것으로 봐서 사제나 마법사이리라.

풍폭, 십자 베기.

그가 방패를 들기 전에 스킬을 사용했다.

"어, 어……!"

정확하게 왼쪽 가슴에 십자 모양의 상처가 생겨났다.

[크리티컬이 터졌습니다.]

[3,529의 대미지를 입힙니다.]

[6,323의 추가 대미지를 입힙니다.]

[파라독스 길드원 '아쿠마'를 죽였습니다.]

[붉은 단검에 쌓인 사기가 캐릭터에게 전이됩니다.]

[지식(0.1)이 상승합니다.]

떨어진 아이템을 인벤토리에 넣고 정면에 있는 유저를 쳐다봤다.

풍폭, 파워대시.

어깨에 가격당한 파라독스 길드원이 뒤로 한참을 밀려났다. 곧바로 따라가며 검을 연이어 휘둘렀다.

"뭐 해! 도와달라고!"

"어, 어어……!"

아직 정신이 제대로 돌아오지 않은 파라독스 길드원들. 스킬 쿨타임이 돌아오지 않아 제대로 된 공격을 펼칠 수 없는 상황이었다. 그 사실을 알기에 무혁은 계속해서 눈앞에 있는 유저를 압박했다.

윈드 스텝, 풍폭!

빠르게 뒤로 돌아가며 검을 휘둘렀다. 그렇게 두 번의 공격을 더 성공시키고서야 해당 유저를 쓰러뜨릴 수 있었다.

[체력(0.1)이 상승합니다.]

그 모습에 파라독스 길드원들이 투덜거렸다.

"으아아아악, 짜증 나!"

"저게 안 죽었다고?"

"아니, 시발. 우리가 아무리 길드 내에서 실력이 그냥 그렇다고 해도. 이게 말이 되냐고!"

"상대가 최상위 랭커잖아, 병신아."

"아무리 그래도 그렇지!"

"너 우리 길드 최상위 랭커가 싸우는 거 못 봤냐?"

"못 봤다, 새끼야."

"보면 지금이랑 비슷한 수준의 욕이 절로 나올 걸? 1,000위 안에 드는 랭커들은 하나같이 괴물이라고, 괴물. 인간이 아냐, 알겠어? 게다가 무혁 저놈은 100위도 아니고 무려 10위 안에 드는 초특급 괴물이라고!"

"그럼 시바, 더 실력 있는 놈으로 보내든가!"

"설마 이렇게 게릴라전으로 나올 줄은 몰랐겠지, 새끼야!"

"하, 빌어먹을⋯⋯!"

그들이 시끄럽게 떠드는 사이 무혁은 서둘러 거리를 벌렸다. 정신을 차렸는지 다시 무혁을 공격하기 위해 다가오는 그들 뒤로 새까만 점이 보였다. 스켈레톤을 모두 처리하고 접근하는 170여 명의 파라독스 길드원이었다.

저들까지 더해지면 도망치는 것도 어려워질 수 있었다. 지금부터는 최대한 거리를 둔 채 유인하는 형식으로 도발하는 게 더 나을 것 같았다.

조금 더 뒤로 물러난 후 풍폭을 걸어 멀티샷을 날렸다.

파아앙!

접근하고 있던 일부 유저가 화살을 피하거나 막기 위해 자리에 멈췄다. 공격을 받지 않은 이들은 속도를 더욱 높였고. 다시 한번 무혁을 포위하려는 심산인지 부채꼴 모양으로 다가오고 있었다.

이대로라면 칼럼 마을 방향으로 도망칠 수밖에 없어진다.

그건 안 되지.

서둘러 남쪽으로 내려갔다. 저들이 포위망을 구축하기 전에 자리를 피하기 위해서.

윈드 스텝.

뒤를 힐끔거리면서 달려 나갔다.

제발 쫓아와라.

"잡으라고, 잡아!"

"포위해!"

"이 멍청이들아!"

탐색조에 속한 이들이 고함을 지르며 움직이려는 순간.

"모두 멈춰!"

뒤늦게 도착한 토벌대장이 그들을 제지했다.

대포탄의 말에 달려가던 이들이 멈췄다.

"대장……?"

"병신들이냐!"

"아, 아뇨?"

"저 새끼, 딱 봐도 그냥 유인하는 거잖아. 새끼야!"

"예? 유인을 왜……?"

"하, 진짜 개답답하네. 저 새끼가 칼럼 마을 촌장이니까 우
리가 칼럼 마을로 향하는 게 꺼림칙하겠지, 병신아. 게다가 너
저 새끼가 군마 타고 도망가면 쫓아갈 수 있어?"

"어, 그게……."

"다른 새끼들은 대답 안 하냐? 쫓아갈 수 있냐고."

"없습니다!"

"근데 왜 따라가는데?"

"여, 열이 받아서……."

"답이 없네, 이 새끼들. 됐고. 당장 칼럼 마을로 간다. 거기
가서 다 뒤엎어 버리면 알아서 오겠지. 출발!"

"칼럼 마을로 출발한답니다!"

그에 줄을 맞춰 이동하기 시작하는 파라독스 길드원들. 선두에 있던 대포탄은 문득 궁금증이 일어 탐색조장을 불렀다.

"전투 상황, 자세하게 설명해 봐."

"예! 무혁을 발견하고 곧바로 전투가 벌어졌습니다. 녀석이 리바이브로 몬스터를 살렸지만 빠르게 녹여냈고 포위하여 스킬을 난사했습니다. 방패로 막아내지 못하는 부위에 수십 개의 스킬이 꽂히는 걸 분명히 확인을 했는데……."

"그런데?"

"죽지 않고 유유히 빠져나가더군요."

대포탄이 미간을 찌푸렸다.

"확실해?"

"예."

"탐색조원들 다 불러."

순식간에 탐색조원들이 모였다.

"각자 무혁한테 피해 입힌 거, 메시지 있지?"

"있습니다!"

"한 명씩 불러봐."

"예! 저는 697의 피해 한 번과 631의 피해 한 번을 입혔습니다."

"저는 519의 피해 한 번만 입혔습니다."

"전 575의 피해를……."

눈을 감고 이야기를 듣는 대포탄.

"전 511, 519. 두 번 피해를 입혔습니다!"

"끝인가?"

"죽은 길드원을 제외하면 끝입니다."

"허, 어이가 없군."

"왜 그러시는지……."

"입힌 대미지가 13,000이 넘는다는 소리인데……."

그 말에 다들 눈을 끔뻑거렸다.

"아니, 그래. 그건 가능하다고 치자고. 회복 스킬이 있을 테니까. 근데 너희들."

"예!"

"스킬 사용한 거 맞냐?"

"맞습니다!"

"스킬로 때렸는데 500에서 600 정도밖에 피해를 못 입혔다고? 그 새끼 방어력이 무슨 1,000은 된다는 소리야? 어? 아니, 시발. 메시지 확인해서 얻은 결과니 이걸 안 믿을 수도 없고. 아니, 근데 또 믿자니 말이 되냐고, 이게!"

대포탄의 표정이 심각해졌다.

가능은 한 거야?

파라독스 길드에도 최상위 랭커가 몇 명 있지만 그들의 스펙도 이 정도는 아니었다.

"하아, 돌아버리겠군."

어쩐지 불길한 예감이 차올랐다.

이제 조금만 더 가면 칼럼 마을에 도착한다.

"그런데, 대장님."

"왜?"

"정말 칼럼 마을 뒤엎을 겁니까?"

"그럼?"

"아무래도 헤밀 제국에 속한 곳이고 또 흔적을 너무 많이 남겨 버려서 나중에 문제가 생길 것 같은데요."

"새끼야, 이런 식으로 일 처리한 게 한두 번도 아닌데 왜 이래?"

"기분이 영 좋지가 않아서요."

"하……."

사실 그건 대포탄도 마찬가지였다. 불길하고 불안했다.

꺼림칙함이 자꾸만 목구멍을 간질였지만.

"어쩔 수 없어. 망설이면 지금까지 독기 하나로 밀어붙였던 행동들이 다 헛짓거리가 되는 거니까. 아, 파라독스 저 새끼들도 눈치를 보는구나. 이런 생각이 들면 억눌려 있던 새끼들이 어떻게 행동할지 안 봐도 눈에 선하지 않냐?"

"으으, 생각만 해도……."

"그 정도로 지금 상황이 위태롭다는 거야. 그러니 다시 보여 줘야지."

"뭐를요?"

"우리가 이렇게까지 독하다, 이런 거 말이야."

"아……."

"뭐야? 또 뭐. 할 말 있어?"

"아뇨. 그게 그 새끼요. 무혁."

"그놈이 왜?"

"그냥 계속 생각나서요. 너무 세잖아요. 이게 말이 돼요?"

"시발, 그러게 말이다. 그래도 잡아놓고 싸우면 무조건 이겨. 재수 없게 게릴라전을 펼치니까 이런 거지."

"그 스켈레톤도 너무……."

"강하다고?"

"네."

"별수 없지. 최초의 조폭 네크로맨서니까. 게다가 조폭 네크로맨서가 알려지지 않은 시점, 경매장에 간간이 올라오던 두개골을 저 새끼가 다 구매한 거로 알고 있거든. 평범한 조폭 네크로맨서의 그 허약한 스켈레톤도 두개골 바꿔서 진화시키면 꽤 센 거 알잖아? 최상위 랭커에다가 최초의 조폭 네크로맨서인데 저 정도는 해줘야지."

"아……!"

"그렇다고 너무 걱정하지는 말고. 그래 봐야 혼자니까. 아무튼 우린 칼럼 마을로 가면 되는 거야. 지가 힘들게 키운 마을인데 부서지면 그냥 지켜만 보겠냐? 나타나겠지. 그럼 바로 포위해서 싸 먹으면 되는 거야. 아직 200명 넘게 남아 있으니까 포위만 하면 잡을 수 있어. 제대로 포위만 하면 말이야."

그때였다.

"이런, 미친 새끼가!"

"아, 놔! 돌아버리겠네!"

뒤에서 고함이 들려왔다.

"뭐야?"

고개를 돌리니 저 멀리서 화살을 쏘아대고 있는 무혁이 보였다.

"하, 저 새끼가 진짜……!"

게다가 군마에 탑승한 상태였다. 멀리서 마법을 쏘고 화살을 날리면서 대응을 해보지만 별다른 피해를 입히지 못했다. 반면 파라독스 길드원은 벌써 한 명이 죽어버렸다.

"탱커는 뒤로 이동한다. 방어에 집중하면서 칼럼 마을로 간다."

"탱커 뒤로 이동! 방어에 집중하랍니다!"

명령이 전달되자 길드원이 신속하게 행동했다. 순식간에 탱커로 이뤄진 견고한 철옹성이 생겨났다.

"진영 유지한 채로 속도 높인다!"

"속도 높이랍니다!"

무혁을 무시한 채 전력으로 달려나갔다. 칼럼 마을에 도착하는 것이 그들에게 맡겨진 마지막 임무라도 되는 것처럼. 그 모습에 미간을 찌푸린 무혁이 거리를 더욱 좁혔다. 화살을 쉴 새 없이 날렸지만 뒤쪽에 위치한 탱커들이 방패로 막아대는 통에 제대로 된 피해를 입힐 수가 없게 되었다.

저 새끼들이……!

이대로 두면 칼럼 마을에 도착해 분탕을 칠 게 뻔했다.

그건 안 돼!

저들을 멈추게 할 수 있는 단 하나의 방법. 난입.

무혁이 지면을 강하게 찼다.

윈드 스텝.

순식간에 파라독스 길드의 후미에 따라붙은 무혁이 방패 사이로 보이는 유저와 눈이 마주쳤다. 무시한 채 바닥을 강하게 찬 후 방패를 밟고 다시 한번 도약했다. 파라독스 길드원이 포진되어 있는 내부에 착지한 무혁이 검을 사방으로 휘두르며 읊조렸다.

"리바이브."

떠도는 영혼은 35마리. 전부 부활.

사방에서 몬스터가 솟아올랐다.

"뭐야!"

"리바이브인 것 같습니다!"

"무혁이 난입했습니다!"

혼란스러운 틈을 타, 사제로 보이는 유저에게 다가갔다.

풍폭, 십자······.

검을 휘두르려는데 사제 유저가 방패를 내밀었다. 십자 베기 스킬을 사용하지 않은 상태로 검을 아래에서 위로 올렸다. 풍폭으로 인한 폭발에 방패가 위로 솟구쳤다. 드러난 틈을 노리며 이번에는 검을 내리그었다.

풍폭, 십자 베기.

운이 좋게도 크리티컬이 터져 버렸다.

[파라독스 길드원 '아재'를 죽였습니다.]
[붉은 단검에 쌓인 사기가 캐릭터에게 전이됩니다.]
[지혜(0.1)가 증가합니다.]

직후 방패로 몸을 일부 가렸다. 주변에 있던 자들이 무혁의 전신을 뒤흔들었다.

쾅, 콰과곽!

하지만 피해는 생각보다 크지 않았다.

[91의 대미지를 입습니다.]

[597의 대미지를 입습니다.]

방패 사이로 상황을 주시하던 무혁이 웃었다. 앞쪽에 위치
한 파라독스 길드원들이 뒤에 위치한 자들의 시야를 가리는
것은 물론이고 제대로 된 스킬 공격까지도 방해하고 있었던
것이다. 잘못 사용했다가는 동료가 죽어 나가게 생겼으니 뒤
에 위치한 자들은 신중할 수밖에 없었다.

"아, 젠장! 안 보이잖아!"

덕분에 무혁은 작은 원을 그린 선두의 파라독스 길드원, 십
여 명 정도만 신경 쓰면 되는 상황이었다. 곧바로 오른쪽으로
몸을 날리며 단검을 휘둘렀다. 방패에 막힌 직후 반동을 이용
해 후면으로 나아갔다.

풍폭, 풍폭.

냉정하게 상황을 파악하며 계속해서 날뛰었다.

"짜증 나네, 진짜!"

그 순간 오른쪽에 있던 유저 한 명이 접근해 왔다.

풍폭, 파워대시.

스킬을 사용해 순식간에 해당 유저를 어깨로 밀어버렸다.

방비할 틈을 주지 않은 채 단검을 휘두르며 밀어붙였다.

풍폭, 십자 베기.

하지만 사제와는 달리 단번에 죽지 않았다. 생각보다 방어력과 HP가 높았고 사제가 힐까지 사용한 탓이었다.

"크큭, 뭐? 어쩔 건데? 덤벼봐, 새끼야!"

그러나 멈출 생각은 없었다.

도발을 받아서? 어느 정도는 인정한다. 하지만 그보다 더 큰 이유가 있었다. 공격이 제대로 들어간 것은 명백한 사실이었고 치유 마법을 받기는 했지만 HP를 모두 채우진 못했으리라 확신하고 있었기 때문이다.

그러니까, 너는 내가 죽인다.

눈앞에 있는 상대만 노린 채 공격을 퍼붓기 시작했다. 연이은 공격에 얻어터지면서도 사내는 물러서지 않았다.

"죽일 수 있을 거 같냐, 새끼야!"

뒤에선 계속해서 치유 마법이 쏟아지고 있었다. 주변에 있던 파라독스 길드원은 계속해서 무혁을 공격하고 있었고. 하지만 무혁은 뒤에서 느껴지는 진동을 무시한 채 눈앞에 있는 사내만을 노렸다.

그래, 버텨봐라.

풍폭, 풍폭.

스킬 쿨타임이 모두 돌아오기를 기다린 후.

익스체인지로 MP를 HP로 한 번 바꿨다. 거리를 조금 둔 후 일몰하는 장검을 꺼내어 활로 변형시켰다.

풍폭, 강력한 활쏘기. 풍폭, 연사.

화살을 날린 후 활을 허리춤에 꽂고 다시 단검을 들었다. 그 과정에서 죽은 자의 축복을 사용해 놈에게 피해를 입혔다.

풍폭, 파워대시. 풍폭, 십자 베기.

눈을 크게 뜬 채 허우적거리는 녀석의 가슴에 단검을 꽂았다. 찰나의 시간 동안 뿜어진 극강의 대미지는 평범한 힐량으로는 쫓을 수 없었다.

"이런, 시바아알……"

"꺼져."

단검을 뽑으며 사라지는 사내의 아래로 떨어지는 아이템을 주웠다.

[체력(0.1)이 상승합니다.]

메시지를 확인할 겨를도 없이 전신을 후려치는 공격들을 피하기 위해 바닥을 구르고 방패를 앞세우는 무혁이었다. 공격이 조금 사그라질 즈음 바닥을 강하게 차면서 점프했다. 멍하니 있는 유저의 어깨를 밟고, 뒤쪽으로 방패를 차면서 재도약했지만 사방에서 날아오는 마법과 화살에 적중당하면서 몸이 뒤로 밀려나 버렸다.

이런…….

오히려 더 좋지 않은 위치에 떨어졌다. 무혁의 표정이 차갑게 굳어졌다.

다시 도약해서 한 번 더 빠져나가려고 해봤지만 이번에도 실패였다. 허공에 뜨기만 하면 각종 화살과 마법들이 오직 한 사람, 무혁만을 노린 채 날아들었기에 도저히 피할 수가 없었다. 또다시 공격을 허용하며 바닥으로 추락했다.

"여기서 놓치면 다 죽을 줄 알아라!"

"무조건 죽여!"

남은 HP는 7,000가량. 남은 MP의 일부를 소모하여 HP 2,000을 채웠다. 그래 봐야 9,000, 아니, 지금 막 공격을 당하면서 8,200으로 줄어들었다. 바닥을 구르고 몸을 비틀고 방패를 최대한으로 활용해 봤지만 그럼에도 불구하고 HP는 여전히 빠른 속도로 하락하는 중이었다.

7,500⋯⋯!

어쩌면 이곳에서 죽을지도 모른다는 생각이 들었다.

문득 반감이 솟구친다. 발악이라도 해봐야 할 거 아냐.

죽어가던 눈동자에 빛이 서리고. 무혁은 단검을 보다 더 강하게 그러쥐며 오직 한 점만을 바라봤다.

뚫는다. 방패로 몸을 가린 채 돌진했다.

윈드 스텝.

저 견고한 성문을 무너뜨리기 위해서. 헤밀 제국에 도착했으나 성내에 들어설 수가 없었다.

"아, 젠장. 무혁 몰라요? 준남작이라고!"

"좀 안으로 들여보내 주세요."

경비원은 매서운 눈빛으로 성민우와 예린을 바라볼 뿐이었다.

"안 된다고 했습니다."

"아뮤르 공작님하고 아는 사이라고!"

"패를 보여주셔야 합니다."

"하, 진짜 돌아버리겠네!"

"패가 없으시면 뒤로 물러서십시오."

병사가 창대를 바닥에 찍었다.

쿠웅.

기세가 퍼졌으나 성민우에겐 버겁지 않은 수준이었다.

이걸, 확……!

하지만 NPC를 때릴 순 없었다. 그것도 제국 성내 입구를 지키는 병사라면 더더욱.

"하, 부탁 좀 합시다."

"안 된다고 했습니다!"

예린이 애절하게 쳐다봐도 마찬가지였다.

"제발요."

"안 됩니다."

묵묵부답, 그 자체였다.

빌어먹을. 결국 포기하고 근처에 자리를 잡았다.

"곧 나오겠지. 일단 기다려 보자고."

"응."

"난 일루전TV나 좀 볼게."

성민우는 상황을 파악하기 위해 일루전TV를 틀었다.

"어?"

"왜 그래, 오빠?"

"아니, 무혁이가 일루전TV를 꺼버렸네."

"응? 진짜?"

"무슨 일이라도 있는 거 같은데?"

올라오는 글을 보니 대충 파악이 되었다.

"아무래도 붙은 모양이다."

"파라독스 길드랑?"

"어, 이거 큰일인데……."

그때, 굳게 닫혀 있던 성문이 열렸다.

끼이이익.

투구를 착용한 150여 명의 기사가 등장했다. 강력한 위엄에 유저들의 시선이 그곳으로 몰렸다. 150명의 기사가 멀어지고, 그로부터 얼마 지나지 않아 다시 성문이 열렸다. 이번에는 150명의 기사와 100명의 마법사가 등장했다. 연속해서 두 번이나 등장하니 약간 의문이 들었다.

"오빠, 혹시……?"

"수가 너무 적잖아. 1,700명이라고 들었는데?"

"으음."

그건 알지만 이상하게 꺼림칙했다.

뒤이어 300명의 보병과 100명의 마법사가 등장했다.

광장에 있던 유저들이 수군거렸다.

"뭐야, 오늘 무슨 날인가?"

"그러게. NPC들이 엄청나게 등장하네."

"토벌이라도 가나?"

또 다시 대규모 병사가 모습을 드러냈다. 이번에는 200의 보병과 200의 궁병, 100의 기마병이었다.

"……."

성민우의 미간이 찌푸려졌다.

뭔가 이상한데?

"오빠."

"어?"

"지금까지 나온 NPC들의 숫자가 대충 1,300명은 되는 거 같아."

"1,300명……?"

400명만 더 있으면 1,700명이 된다.

설마……!

마침 또다시 성문이 열렸고 100명의 기마병과 100명의 궁병, 100명의 성기사와 100명의 사제가 위엄어린 눈동자로 정면을 주시하며 걸음을 옮겼다.

"아, 놔! 빨리 가자!"

"응? 어딜?"

"아벤소 마을!"

"왜……?"

"일단 따라와. 가면서 설명해 줄 테니까."

"으응."

서둘러 워프를 타고 아벤소 마을로 이동했다. 주변을 훑던 성민우는 안도의 한숨을 쉬며 예린에게 상황을 설명해 줬다.

"성문에서 나온 NPC들, 다 합하면 대충 1,700명인 거 같아. 대열을 갖춘 덕분에 숫자는 어느 정도 파악이 되거든. 그러니까 쉽게 말하자면 따로 나온 거지."

"따로? 아! 오빠가 그랬었지? 용병 느낌이 나야 한다고."

"그렇지. 한마디로 대충 찢어져서 아이템 갈아입고 여기로 모이는 거 아니겠어?"

"가능성이 높아. 그럼 여기서 기다리자."

두 사람은 워프 게이트 앞에서 진을 쳤다.

얼마나 기다렸을까.

제발, 빨리 좀 와라……!

드디어 워프 게이트를 통해 다수의 NPC가 등장했다. 성내에서 보던 자들과는 달리 투구를 착용하지 않고 있었고 갑옷이나 무구 역시 거친 느낌이었다. 게다가 말까지 탑승하고 있었다. 그럼에도 불구하고 왠지 저들이 그 기사단일 것 같다는 생각이 자꾸만 들었다.

"저 사람들인 거 같은데, 오빠?"

"나도 그런 것 같기는 한데. 아직 다 모인 게 아니니까 기다려 보자고."

"응."

잠시 후 다수의 NPC가 속속 모여들었다.

"모두 왔나?"

그제야 입을 여는 한 명의 사내.

"예, 전부 도착했습니다."

"이상 없습니다."

"저희도 다 왔습니다."

질문을 던진 사내가 고개를 끄덕였다.

"그럼 출발한다."

"예."

더 이상 늦어지면 안 되겠다고 여긴 성민우가 앞을 막았다.

"실례합니다."

"음?"

"혹시 제 얼굴 기억하는 분이 계실지는 모르겠는데 무혁 준
남작의 친구입니다."

"무혁 준남작의?"

"예."

"아는 자 있나?"

뒤쪽에 있던 병사와 기사 한 명이 손을 들었다.

"알고 있습니다."

"저도 본 적이 있습니다."

"그렇군."

하지만 단장의 표정은 여전히 굳은 상태였다.

"가장 중요한 것부터 묻겠네. 어떻게 알아봤나?"

"아, 일단 정확한 인원 규모와 장비 교체에 대해서는 무혁에

게 들었습니다. 그러다 상황이 좋지 않아져서 저희 둘만 다급히 온 겁니다. 성내로 진입할 수가 없어서 입구에서 기다리고 있는데 짧은 시간 동안 빠져나간 분이 모두 1,700명이란 걸 파악하고 다급히 이곳으로 온 겁니다."

"그랬군."

"저기, 지금 상황이 많이 급해졌습니다. 어떻게 된 거냐면……."

성민우가 짧게 간략하게 설명을 마쳤다.

"상황은 충분히 알겠군. 서둘러 가도록 하지."

"감사합니다!"

"자네들은?"

"소환."

성민우가 정령들을 소환했다.

"이 녀석들이 생각보다 빠릅니다. 타고 이동하면 됩니다."

"그럼 잘 따라오게나."

"예."

"서둘러 칼럼 마을로 이동한다!"

"예!"

뒤이어 1,700의 NPC가 나아가기 시작했다.

타닥, 타닥.

서서히 속도를 높인 덕분에 아벤소 마을을 벗어났을 즈음엔 전력으로 질주하게 되었다. 덕분에 칼럼 마을과의 거리가 빠르게 좁혀졌다.

제6장
스탯 노가다

윈드 스텝을 사용한 무혁이 극히 좁은 공간을 휘저었다.

"미치겠네, 진짜!"

"좀 잡으라고!"

"거리를 더 좁히란 말이야, 새끼들아!"

"시바, 그게 말처럼 쉬운 줄 아나!"

"아, 몰라. 그냥 스킬 쏴버린다!"

근처에 있던 이들이 스킬을 사용하려는 낌새가 보이자 무혁이 단검을 위로 추켜올렸다. 바로 앞에 있던 파라독스 길드원의 방패가 하늘로 솟구쳤고 그 순간 드러난 빈틈을 노리며 몸을 집어넣었다. 다급한 표정의 파라독스 길드원을 바라보며 단검과 방패를 인벤토리에 넣고 양손을 뻗어 상대방의 손목을 움켜쥐었다. 직후 몸을 비틀며 잡힌 사내를 휘둘렀다.

"으, 으어, 잠깐, 잠깐만!"

날아드는 스킬을 막아내는 용도로 그를 사용한 것이다.

콰과과광!

폭발에 사내의 몸이 들썩이고, 적당한 시기에 한 손을 놓고 단검을 꺼냈다.

풍폭, 십자 베기.

단검이 사내의 복부에 파고들었다.

[민첩(0.1)이 상승합니다.]

죽어가면서 스탯을 올려준 그에게 비릿한 미소를 지으며 떨어뜨린 아이템을 쳐다봤다. 안타깝지만 지금 뒤에서 느껴지는 열기를 보건데, 아이템을 줍기 위해 허리를 숙이는 순간 각종 스킬에 적중당하리라.

어쩔 수 없지.

측면으로 몸을 날려 또 다른 파라독스 길드원 한 명을 제압했다. 압도적인 스탯의 차이로 인해 한 명을 제압하는 건 어렵지 않았다.

"흐읍!"

곧바로 등 뒤로 사내를 던져 버렸다.

콰과과광!

파라독스 길드원이 날린 스킬에 적중당한 그가 무혁에게로 튕겨졌다. 빠르게 커지는 넓은 등판을 향해 무심히 단검을 꽂아 넣었다.

[체력(0.1)이 상승합니다.]

곧바로 방패를 꺼내어 정면으로 들었다.
콰과곽!
남은 스킬들이 방패를 두드린다.

[91의 대미지를 입습니다.]
[117의 대미지를⋯⋯.]

그 순간 뒤에서 날아온 공격들이 HP를 크게 깎아버렸다.
이런⋯⋯!
남은 HP는 3천가량. 오른쪽 유저에게 스킬을 사용했다.
파워대시.
순식간에 몸이 움직이며 몇 개의 공격을 피해냈다.
익스체인지.
차오른 MP를 소모하여 다시 한번 HP를 채웠다. 그래 봐야
남은 HP가 5,000도 되지 않았지만 말이다. 익스체인지를 수시
로 사용한 탓에 MP역시 현재 500이 되지 않았다. 그렇다고 자
리에 멈춰 버리면 당장 죽어버릴 것이 분명했다.
윈드 스텝.
쉴 새 없이 움직이며 공격을 퍼붓고 스킬을 피했다. 그 와중
에 또다시 파라독스 길드원 한 명을 제압하여 던져 버린 후 드

러난 좁은 틈을 파고들었지만 어느새 틈이 사라졌다. 뒤쪽에 있던 다른 길드원이 자리를 채워 버린 탓이었다. 지금까지 몇 번이나 포위망을 벗어나려고 시도했으나 그때마다 지금처럼 실패했다. 목구멍까지 차올랐던 부정적인 생각이 이젠 머리끝까지 적셔 버렸다.

안 되는 건가.

시간이 지나면 분명히 죽을 것이다.

그 사실은 금세 받아들일 수 있었다.

게임이니까. 언제라도 죽을 수 있는 법이다.

다만 한 가지. 칼럼 마을도 무너지겠지.

공들여 키운 마을을 잃는다는 상실감은 받아들이기가 어려웠다. 비록 NPC이지만 그들과 함께 보낸 시간들, 쌓아 올린 추억들이 사라지게 될 테니까. 유저와는 달리 죽어버리면 다시는 살아날 수 없을 테니까.

빌어먹을······!

그 짜증이 지금 무혁을 움직이는 원동력이었다.

"쉽게는 못 죽겠다, 새끼들아!"

거칠게 휘둘러진 단검이 어느 사내의 목을 파고들었다.

[체력(0.1)이 상승합니다.]

그렇게 또 한 명의 파라독스 길드원을 죽였다. 무혁을 바라보는 유저들의 시선에 언뜻 공포감이 떠오른 것은 결코 착각이 아니리라.

팔짱을 낀 대포탄의 손가락이 팔뚝을 두드린다.

툭, 툭.

아직까지도 버티고 있다는 게 믿기지 않았다.

괴물인가……?

놈과 적대한다는 게 마음에 들지 않았다.

너무 위험한 놈이야. 지금 죽여도 재접속하게 된 녀석과 붙어야 한다. 그걸 언제까지 반복해야 하는가. 그 과정에서 파라독스 길드는 많은 것을 잃게 될 것이다. 시간, 기회, 돈, 레벨, 등등. 그렇다고 이제 와서 없던 일로 만들 수도 없었다. 이미 파라독스 길드원 수백 명이 죽어버린 상황이었으니까. 피해를 입히고 그만두는 건 모르겠지만 피해만 입은 채로 멈출 순 없었다.

"하, 미치겠군."

고개를 저으며 팔짱을 푸는 대포탄.

"길 터라."

"아, 예!"

아무리 상식을 초월하는 괴물이라고 하더라도 이젠 무너질 때가 되었다.

마지막은 직접 봐야겠어.

포위망을 뚫고 나아가던 대포탄이 갑자기 자리에 섰다.

뭐야?

저 멀리 새까만 점들이 먼지를 휘날리며 다가오고 있었던 것이다. 별일 아니라고 여기고 싶지만 괜스레 불안함이 솟구쳤다. 까만 점은 빠르게 커졌고 덩달아 뒤를 따르는 먼지 역시 하늘의 일부를 채웠다. 재수가 없게도 솟구친 먼지가 악마의 찢어진 미소를 연상시키는 형상을 만들어냈다.

시발, 뭐냐고.

혹시라도. 만에 하나라도. 무혁의 지원군이라면?

그 전에 놈을 처리해야 하나? 그랬다가 저 지원군에 쓸려나가면? 수가 상당한 것 같은데 저런 놈들과 전면으로 부딪히게 되면? 파라독스 길드라고 무사할 수 있으려나? 각종 의문이 머리를 헤집었다.

"돌아버리겠군."

결국 아무것도 선택하지 못한 채 기다렸다. 그사이 지척에 도달한 무리들. 아니, 정확하게 말하자면 남들보다 훨씬 빠른 속도로 먼저 도착한 한 명의 사내가 말을 세웠다.

"워어어."

그에게서 거친 느낌과 진중한 위압감, 두 가지 분위기가 동시에 느껴졌다.

"파라독스 길드?"

"누구지?"

"대답 먼저."

대포탄이 입술을 질근거렸다.

"그렇다면?"

"맞군."

사내가 품에서 종이 하나를 꺼냈다.

찌이익.

그러곤 그것을 찢어버렸다.

[숭고한 전투 주문서가 사용되었습니다.]

[결계가 설치되었습니다.]

[아군을 파악합니다.]

[적군을 파악합니다.]

[한쪽이 몰살될 때까지 결계는 사라지지 않습니다.]

[로그아웃을 시도할 수 없습니다.]

반드시 이길 것이라는 확신이 있는 싸움에서만 사용한다는 숭고한 전투 주문서가 지금 발휘되었다. 직후 사내가 손을 들더니 멈추지 말고 나아가라는 듯 가볍게 휘둘렀다. 그러자 서서히 속도를 늦추던 뒤쪽의 기마병들이 풀어진 자세를 잡더니 말의 허리를 차며 속도를 높였다.

히이잉!

기사단장을 지나칠 즈음엔 말의 속도가 최고조에 달했다.

"자, 잠깐⋯⋯!"

대포탄이 양손을 뻗으며 제지하려고 했으나 그들은 랜서를 앞으로 내밀며 돌진할 뿐이었다. 뒤이어 포위망을 구축한 파라독스 길드와 부딪혔고.

콰아아앙!

처참할 정도로 짓이겨 버렸다.

최고 속도에 이른 기마병 200명의 힘은 상상을 초월했다. 마치 거대한 파도에 휩쓸린 힘없는 조개 같았다. 이리 쓸리고 저리 쓸리다 바위에 부딪히며 깨져 버리는 조개.

"뭐냐고오오오!"

"일단 막아, 새끼들아!"

지금 파라독스 길드원의 모습이었다.

처참하다고 해야 할까. 그들은 기마병 200명에게 속절없이 짓밟히고 있었다. 다른 인원의 투입도 필요가 없었다.

"미친……!"

30여 명을 제외한 나머지 파라독스 길드원이 전부 죽어버린 상태였으니까. 물론 포박을 한 탓에 시체는 사라지지 않았다. 정말로 죽은 것처럼 꼼짝도 하지 않고 있는 처참한 모습에 토벌대장 대포탄이 욕을 내뱉었다.

"하, 젠장."

돌아버리겠군, 이딴 지원군이 있었다고?

들어보지도 못한 일이었다.

이건 못 버텨.

과연 이 전투가 어느 규모로까지 거대해질 것인가. 더 큰 피해를 입은 자들이 머리를 숙이고, 피해를 덜 입은 자들은 적당한 보상을 받은 채로 상황을 종료시킬까?

아니, 그건 아니야.

대포탄은 본능적으로 느낄 수 있었다. 저들이 끝을 보려 한다는 것을.

그럼 결국……. 누가 살아남느냐의 문제로 확대될 것이다.

난 뭘 해야 하지?

살아남기 위해선 상대방의 시간적인 여유를 최대한 줄여야만 했다.

누구의 시간을? 이 모든 것의 중심이 되는 인물.

자연스럽게 고개가 돌아갔다.

아직도 살아남은 괴물. 무혁이 시야에 들어왔다.

너만큼은 죽여줘야겠다.

검을 쥐며 외쳤다.

"어떻게든 버텨! 무조건 버텨라!"

"대장! 이걸 어떻게 버팁니까!"

"그냥 버텨, 새끼야! 재접속하면 길드장한테 말해서 괜찮은 아이템 빌려줄 테니까!"

그에 남은 이들이 고함을 질렀다.

"우오오오!"

"최상급으로 부탁드립니다, 대장!"

그들이 남은 힘을 쥐어짤 때. 대포탄은 무혁에게 접근했다.

저벅.

"HP는?"

"적당해, 걱정 마."

"크으읍! 꽤 많잖아? 막아볼 테니까 무조건 살아라!"

"오빠, 조금만 더 버텨!"

그에게 꼭 붙어 있는 두 명의 유저가 보였지만 개의치 않았다. 파라독스 길드원 몇 명이 둘을 압박하고 있었으니까.

무혁만 노리면 된다, 무혁만.

속도를 높였다.

신속! 칼날……!

스킬을 사용하기 직전 등 뒤에서 거대한 압박감이 밀려들었다. 황급히 몸을 옆으로 날렸지만 반응이 조금 늦었는지 대검한 자루가 어깨를 꿰뚫고 지나갔다.

미친.

20퍼센트에 달하는 HP가 단숨에 사라졌다.

"어딜 가나?"

고개를 들어 올리자 말에 탑승한 채 아래를 내려다보는 사내가 보였다. NPC들을 이끄는 기사단장이었다. 물론 대포탄은 그의 정체를 몰랐지만 풍기는 분위기만으로도 범상치 않은 자임은 알 수 있었다. 기사단장이 말에서 내리더니 여유롭게 다가왔다. 그 모습에 문득 실소가 터져 나왔다.

"하, 미치겠네."

저 여유는 결코 연기가 아니었다. 마음에 들지 않았다.

그 정도로 자신이 우습게 보였다는 뜻이었으니까.

"겨우 NPC 따위가……!"

열이 뻗친 대포탄이 마주 나아갔다.

순식간에 서로에게 가까워진 둘.

"흐아아압!"

대포탄이 먼저 달려들었다. 몸이 은색으로 빛나더니 사라졌다. 아니, 정확하게 말하자면 갑작스러운 속도의 상승으로 사라진 것처럼 느껴졌다. 그에 기사단장이 뒤로 빠르게 물러나면서 푸른빛으로 물든 대검을 지면에 꽂았다. 그 대검의 면과 대포탄의 검날이 부딪혔다.

카가각!

단지 방어를 위해 지면에 대검을 꽂은 건 아니었다. 푸른빛이 바닥으로 스며들더니 지면이 흔들리기 시작했다. 이내 갈라지며 날카롭게 솟아오르더니 대포탄을 공격했다. 솟아오른 지면에 부딪힌 대포탄은 줄어드는 HP에 미간을 찌푸리며 몸을 틀었다.

젠장! 물러나야 하나? 여기서 물러난다고 방법이 있을까?

아니, 거리만 좁히면 돼!

또다시 솟구치는 지면.

[350의 대미지를 입습니다.]

[350의 대미지를…….]

몇 번의 피해를 감수하고 더욱 악착같이 접근을 시도했다.

덕분일까. 결국 기사단장의 지적에 도착한 대포탄이었다.

걸렸다, 새끼!

붉은 기운이 서린 검이 그어진다. 틈을 노린 완벽한 공격이었기에 기사단장 역시 공격을 허용할 수밖에 없었다.

"크음……!"

일그러지는 그의 표정.

좋았어!

연이어 공격을 가하려는데 뒤에서 일단의 무리가 접근해 왔다. 이대로 있으면 저 녀석들에게 포위를 당하게 되리라. 서둘러 뒤로 물러나려는데 기사단장이 놓아주지 않았다.

"어딜 가려는 건가."

"이런 개……!"

휘둘러지는 단검을 굴러서 피하고 다급히 일어서며 검을 그어 올린다.

카가!

힘을 주어 대검을 밀어낸 후 뒤로 물러나려는데 뒤쪽 지면이 솟구치더니 길목을 차단했다. 그사이 접근한 이들이 포위망을 구축했다. 더 이상 빠져나갈 곳이 없었다. 사방에서 쏟아지는 공격을 최대한 피해보지만 한계에 도달했다.

"비겁한 새끼들……!"

"자네가 할 말은 아니군."

"……."

그사이 몇 번의 공격에 더 적중당했다.

[669의 대미지를 입습니다.]
[444의 대미지를 입습니다.]

다급히 몸을 굴려보지만 피할 곳은 없었다. 그저 마주할 뿐. 끝내 한 명도 죽이지 못한 채 쓰러지고 말았다.

문득 무혁이 떠올랐다.

그 새끼는 도대체……?

어떻게 이런 상황에서 그토록 처절하게. 또 치열하게 견뎌냈을까.

해답을 찾을 시간도 없이 어둠이 시야를 가렸다.

"하, 젠장."

이내 고개를 털어버린다.

서둘러 파라독스 길드 간부에게 연락을 넣었다.

HP와 MP, 두 가지 모두 바닥이었다.

"후아."

이들이 3초 정도만 더 늦게 도착했어도 99퍼센트의 확률로 죽었을 것이다. 하지만 무혁은 끝까지 버텨냈고 결국 살아남았다. 오직 그것만이 중요할 뿐이었다.

겨우 버텼네, 진짜.

모든 힘을 쏟아부은 탓일까. 가상임에도 불구하고 좀처럼 몸에 힘이 들어가지 않았다.

이런 건 참 현실 같단 말이야.

"으차."

쓸데없는 생각을 하며 자리에 털썩 주저앉자 예린도 옆에 자리를 잡았다.

"괜찮아, 오빠?"

무혁이 씨익 하고 웃었다.

"괜찮지, 그럼."

"다행이다. 고생했어, 진짜."

"고마워."

뒤이어 성민우가 끼어들었다.

"크, 진짜 너도 대단하다. 거기서 어떻게 버틴 거야?"

"뭐, 어쩌다 보니."

말도 안 되게 높은 방어력이 큰 도움이 되었다.

그 실험……! 생각하고 싶지 않은 옛일을 지우며 상체를 눕혀 버렸다. 눈부시게 푸른 하늘, 크림보다 더 새하얀 구름을 바라보고 있는데 거대한 그림자가 시야를 가려왔다. 고개를 살짝 들자 그림자의 정체가 보였다.

"괜찮으십니까."

NPC들을 이끄는 자, 기사단장이었다.

억지로 상체를 일으켰다.

"네, 괜찮아요."

호흡을 가다듬고 몸을 일으켰다.

"방금 그자들이 우리가 싸워야 할 이들입니까."

"맞아요."

"일부를 제외하곤 그리 대단하진 않더군요."

무혁이 고개를 끄덕였다.

"그 일부보다 더 뛰어난, 진짜 실력 있는 녀석들은 열심히 수련 중이겠죠."

"그렇군요."

"길드전에서도 지금처럼만 해주시길."

"그럴 생각입니다."

"자, 그럼 마을로 가죠."

"준비하겠습니다."

단장이 다른 이들에게 향할 때. 무혁은 군마를 소환한 후 등에 올라탔다. 성민우와 예린 역시 마찬가지였다.

"가자고."

"웅!"

"오케이!"

위험한 고비는 넘겼다. 이젠 길드전을 준비할 때였다.

잠시 후 칼럼 마을에 도착한 무혁은 생각보다 더 많이 지어진 여관을 보며 흡족하게 웃었다. 그래도 1,700명의 NPC를 모두 채울 정도는 아니었기에 그들 중 병사를 제외한 나머지만 여관에서 짐을 풀도록 했다.

"죄송하지만 나머지는 임시 천막을 쳐야겠습니다."

"그렇게 지시하겠습니다."

"네, 그리고 짐을 풀면 길드 가입 절차를 거쳐야 하니 다들 길드관리소 앞으로 모이라고 해주세요. 한 번에 모여서 오면 한참 기다려야 되니까 대략 100명씩 일정 시간을 두고 보내면 되겠네요."

"알겠습니다."

"참, 그리고 길드에 가입하게 되면 앞으로는 절 부길드장이라고 부르세요."

"그렇게 지시하겠습니다."

기사단장이 돌아가고 무혁은 성민우와 예린, 도란과 함께 길드 관리소로 향했다.

"어서 오십……! 촌장님!"

카호메르가 반겼다.

"오랜만이네요."

"네, 이제 좀 깔끔하죠?"

"그러게요. 좋은데요?"

"감사합니다!"

"그보다 조금 있으면 사람들이 꽤 많이 도착할 겁니다. 전부 길드에 가입시킬 생각이니 준비해 주세요."

"아, 네! 그런데 길드장의 허락도……."

"주군의 말씀인데 당연히!"

"알겠습니다."

카호메르가 서류를 잔뜩 꺼내 들고 왔다. 마침 NPC들이 도착했다. 전부 기사였는데 짐을 풀고 가장 먼저 내려온 모양이었다.

"차례대로 줄 서주시고요. 각자 이름을 말하고 길드 가입 신청서를 작성하면 됩니다."

설명은 들은 기사들이 차례대로 신청서를 작성했다.

[NPC '카노'가 퍼스트 길드에 가입했습니다.]
[NPC '바르모'가 퍼스트 길드에 가입⋯⋯.]

길었던 줄이 순식간에 짧아졌다.

"가 보겠습니다."

"네."

어느새 100명의 기사 전부가 가입을 완료했다. 곧바로 다른 기사 100명이 등장했다. 그들 역시 차례대로 줄을 서서 퍼스트 길드에 가입했다. 다시 기사, 다음은 마법사, 그리고 사제와 성기사, 마지막으로 보병과 궁병, 기마병사들까지.

"다, 다음 오세요⋯⋯."

워낙에 수가 많아서 그런지 관리소를 담당하는 카호메르가 지쳐 버릴 정도였다.

"다, 다음이요. 또, 다음⋯⋯."

몇 명이나 더 가입을 마쳤을까. 마지막으로 남아 있던 기마병까지 가입을 마쳤을 때, 카호메르가 두려운 표정을 감추지 못한 채 물어왔다.

"초, 촌장님!"

"네?"

"또, 또 있나요······?"

"어, 글쎄요?"

카호메르의 안색이 파리해졌다.

"으, 으어······."

"농담이에요. 끝났습니다."

"허억, 다, 다행입니다. 감사합니다, 감사합니다! 촌장님!"

격한 반응에 조금 미안해졌다.

"그렇게 힘들었어요?"

"그, 그럼요. 이렇게 많은 사람이 도대체 왜······!"

실수를 깨달았는지 스스로의 입을 틀어막는 카호메르였다.

"아니, 퍼스트 길드가 안 좋다거나 그런 게 아니라······."

"괜찮아요. 누구라도 그렇게 여길 테니까요. 하지만 조금만 시간이 지나면 그런 생각이 안 들게 될 겁니다. 제가 재밌는 걸 준비했거든요."

"재밌는 거요?"

"네. 뭔지 말하기 전에. 가입은 다 끝났죠?"

"아, 네."

"몇 명인가요?"

"오늘 가입한 사람이 총 1,700명입니다."

"딱 맞네요. 그럼 이제 재밌는 걸 말해야겠죠?"

"도대체 뭔지, 정말 궁금하네요."

"한 가지 신청을 할 거예요."

"신청이요?"

"네, 파라독스 길드 아시나요?"

"그럼요. 나름 관리하면서 정보를 많이 찾아봤죠. 파라독스 길드의 규모라던가 악독함이라든가, 그 정도는 기본적으로 알고 있습니다."

"잘 아시네요. 놈들에게 길드전을 선포합니다."

순간 침묵이 흘렀다. 카호메르는 한참 동안 고요함을 유지했다.

"어, 음. 촌장님?"

"네."

"제가 제대로 못 들은 거 같아서요."

"파라독스 길드와의 전쟁을 선포한다고 했습니다."

"초, 촌장님?"

"길드전이 치러지는 날은 정확히 3일 뒤. 오늘까지 그곳에 소식이 전해지도록 해주세요."

무혁의 단호한 표정에 카호메르가 황급히 고개를 끄덕였다. 지금 무혁의 말이 결코 농담이 아니라는 사실을 깨달았기 때문이다.

"아, 알겠습니다."

"그럼 수고하세요."

이야기를 마친 후 길드 관리소를 벗어났다. 성민우와 예린, 도란이 따라왔다.

"주군, 드디어 시작인 겁니까?"

"그렇지."

"최선을 다하겠습니다."

"그러자고, 우리 전부."

"예!"

도란은 각오를 새기는 눈빛을 보였고 예린은 혹시 모를 사태를 걱정하는 태도였다.

"괜찮겠지?"

"그럼."

반면, 성민우는 즐거움을 만끽하는 표정이었고.

"크, 파라독스 길드. 그 새끼들, 제대로 족쳐보자고."

"그렇게 좋냐?"

"그럼. 진짜 오랜만에 제대로 싸워보는 거잖아. 아, 문득 예전 생각난다. 그 어디냐? 하야꾸 길드였나? 길드장이 미야모토였지? 거기 해체시킬 때 엄청 스릴 넘치고 재밌었는데."

"아아."

미야모토, 기억이 났다. 용병까지 고용해서 접속하는 시간, 마을에서 벗어나는 시간을 파악해 수십 번 넘게 죽였던 것 같다.

"크큭, 생각나지?"

"당연하지."

"우리가 좀 심하게 죽이긴 했었지."

"그랬었나?"

"아이고, 생각난다고 해놓고 그랬었나는 뭐냐. 제대로 기억도 못 하는 거 봐라. 그 녀석, 지금은 뭐 하고 있으려나……?

뭐, 아무튼. 내가 말하려는 건 이거야. 이번에도 시원하게 이겨보자고, 그때처럼."

그때처럼.

"좋지."

짧았으나, 무혁의 대답엔 강한 힘이 실려 있었다. 상황을 전해 들은 파라독스 길드장, 테이큰이 크게 웃었다.

"푸하하, 그래? 다 죽었다고?"

"어, 그렇다던데?"

"크크큭, 오랜만에 배꼽 빠지게 웃어보네."

하지만 웃음을 그친 테이큰의 표정은 그보다 더 살벌할 수 없을 정도로 일그러졌다. 그 지랄 맞은 성격을 알기에 옆에 있던 최상위 랭커도 입을 다물었다. 대신 가장 먼저 소식을 접한 토벌 2조장에게 눈짓을 할 뿐이었다. 그에 당황한 표정을 짓던 2조장이 땀을 흘리며 앞으로 나섰다. 마침 테이큰이 그를 쳐다봤다.

"그래, 갑자기 대규모 인원이 와서 깽판을 놨으니 죽을 수 있지. 근데, 그전에 무혁 한 놈을 못 죽였다는 게 말이 된다고 생각해? 도대체 뭘 한 거지?"

"초, 초반에 조폭 네크로맨서 다수가 당하는 바람에……."

"그 새끼들은 뭔데 그렇게 쉽게 죽어?"

"레벨이 되는 조폭 네크로맨서는 아무래도 조금 더 키워야 해서……."

"그래서? 말 흐리지 말고 똑바로 말해."

"아, 예! 군마를 10마리 정도 소환할 수 있는 낮은 레벨만 모으다 보니 아무래도 HP나 방어력이 낮았습니다. 그래서 범위 공격에 조금만 휩쓸려도 죽어버렸다고 합니다. 스켈레톤을 소환해 봐야 어차피 녹아버릴 테니 도움도 되지 않을 거고 진로만 방해할 것 같아서 전투에도 참여시키지 않았습니다."

"탱커들은?"

"최대한 보호를 했지만……."

"했는데도 죽었다?"

"예. 무, 무혁 그자가 스켈레톤을 지휘하는 게 범상치 않았다고 합니다. 그 탓에 군마를 탑승하지 못하게 되었고 자연스럽게 이동이 느려졌으며……."

"그래서, 게릴라전에 당했다?"

"아, 예……!"

"이후, 이상한 새끼들이 와서 전부 죽어버렸고?"

"예."

"그래, 타격 부대에 속한 새끼들이야 애초에 잡일이나 하는 버러지 새끼들이었으니 그럴 수도 있지. 그렇다고 치자고. 그래서, 갑자기 끼어들었다는 놈들 정체는?"

"거, 거친 느낌이 들었다고는 하는데……."

"거친 느낌?"

"네, 그런데 또 하는 행동을 보면 용병 같지는 않았다고 합니다."

"그런 놈들이 적어도 천 명은 넘어 보였다고?"

"예, 그렇게 들었습니다."

테이큰의 눈동자가 차가워졌다.

"헤밀 제국이려나."

갑자기 튀어나온 단어에 최상위 랭커, 빽도어가 고개를 돌렸다.

"헤밀 제국?"

"무혁, 헤밀 제국 귀족이잖아? 거기 공작이랑도 인연이 있는 걸로 알고."

"흐음, 그랬지."

"그럼 거기서 보냈을 가능성이 높지."

"그럼 상황이 심각해진 거 아니냐?"

빽도어의 질문에 테이큰은 대답하지 못했다.

좋은 상황은 아니니까.

"……"

침묵이 흐르는 그때.

끼이익!

문이 열리더니 파라독스 길드원 한 명이 다급히 들어왔다.

"길드장님!"

"뭐야?"

"길드전 신청이 들어왔습니다!"

"길드전?"

"예."

테이큰이 고개를 갸웃거렸다. 현재 파라독스 길드는 최상위 길드와는 전부 암묵적으로 동맹 중인 상태였기 때문이다.

"어디서 길드전을 신청했다는 거지? 그 정신 나간 새끼들, 도대체 누구야?"

"퍼스트 길드라고 합니다."

들어보지 못한 이름이었다.

"거기가 어딘데?"

"그, 그걸 잘 모르겠습니다."

"알아봐. 내일까지."

"예!"

"그보다 기한은?"

"여유 기간을 최소로 잡아서 신청을 해왔습니다."

"3일 뒤인가?"

"맞습니다."

"하아, 해야 할 일도 많은데 귀찮게⋯⋯!"

투덜거리던 테이큰이 입을 다물었다. 문득 이상한 기분이 든 탓이었다.

뭐지, 이 찝찝함은?

한참을 고민하던 테이큰이 빽도어를 쳐다봤다.

"너."

빽도어가 손가락으로 스스로를 가리켰다.

"나?"

"어, 좀 도와줘야겠다."

"뭘? 설마 칼럼 마을로 가라고?"

"확인만 해줘. 갑자기 나타난 새끼들 분위기라든가, 레벨 수준이라든가. 아무래도 뭔가 찝찝하단 말이야."

"혼자서 가라는 건 아니겠지?"

"알아서 데려가든가."

"다녀와서 길드 창고 사용한다?"

"맘대로 해, 새끼야."

"그렇다면야, 콜!"

곧바로 모여 있던 간부 두 명을 지목했다.

"너, 너. 아랫놈들 준비시켜."

"알겠습니다!"

"그럼 갔다 온다."

가볍게 손을 흔들며 두 명의 간부와 함께 회의실을 벗어나는 빽도어였다.

제7장
길드전

카호메르가 마을 구석진 곳에서 강화에 열중하고 있는 무혁을 찾아왔다.

"촌장님!"

"음?"

"3일 뒤에 길드전을 치르겠다고 선포했고, 그 답장이 왔습니다."

전쟁을 선포할 경우 상대방은 절대 거절할 수 없다. 실제로 전쟁을 일으킨다고 가정했을 때, 상대방이 막무가내로 공격을 가해온다면? 죽지 않기 위해서라도 막을 수밖에 없다. 즉, 답장이라고 해봐야 수락하는 게 전부였다.

"수락했습니까?"

"예."

그의 말을 옆에 있던 길드장, 도란이 들었다.

['퍼스트' 길드가 '파라독스' 길드에게 전쟁을 선포했습니다.]
[길드전은 3일 뒤, 오전 11시에 치러집니다.]

그러자 메시지가 떠올랐다.

3일 뒤, 오전 11시.

그때가 되면 접속 상태의 길드원 전원이 임시 공간으로 소환되리라.

"수고했습니다."

"수고는요, 뭘."

카호메르가 인사를 한 후 길드 관리소로 돌아갔다.

좀 더 서둘러야겠어.

지금 NPC들이 착용하고 있는 무구도 바꿔야 하고 가능하다면 스켈레톤이 사용하는 방패와 무기 역시 강화를 하고 싶었다.

전부는 불가능하고. 소환수는 아머 스켈레톤 위주로. NPC는 실력자 위주로.

"봤지?"

"응, 오빠."

"나도 봤다. 오전 11시라. 딱 좋네."

"그동안은 여기서 쉬어."

"그래야지. 사냥하러 갔다가 그 새끼들이랑 마주치면……. 어휴, 네 옆에서 나도 제작 스킬 레벨이나 좀 올려야겠다."

"난 그럼 오빠 옆에서 다람쥐나 강화해 봐야지."

"그래."

"주군, 저는 수련을 하겠습니다."

"좋지."

그렇게 네 사람 모두 각자의 일에 몰두했다.

얼마나 시간이 흘렀을까. 어둠이 내려앉았을 즈음, 헤밀 제국의 기사단장이 찾아왔다.

"부길드장님."

"음? 아, 무슨 일이세요?"

"경계를 서던 병사가 수상한 무리의 접근을 알려왔습니다."

"수상한 무리라……."

파라독스 길드일 가능성이 높았다.

"사로잡을 수 있겠어요?"

"물론입니다."

"그럼 포박으로 사로잡아 주세요."

"알겠습니다."

"그리고 하나 더. 부탁 좀 드려도 될까요?"

"무슨 부탁 말입니까?"

"혹시 숭고한 주문서 있으세요?"

"네, 꽤 있습니다."

"몇 장 정도만 빌릴 수 있을까요?"

잠시 고민하는 기사단장. 이내 아뮤르 공작의 말을 떠올리고는 고개를 끄덕였다.

"알겠습니다."

그가 무혁을 자신처럼 대하라고 했으니.

이내 품에서 주문서를 꺼내더니 무혁에게 건넸다.

"다섯 장입니다."

"고마워요."

"별말씀을. 그럼 침입자를 처리하러 가 보겠습니다."

기사단장이 떠나고 무혁은 홀로 크게 웃었다.

"뭔데? 뭐가 그렇게 재밌어서 웃나?"

"아아, 예전에 내가 단검 하나 보여준 거 기억나냐?"

"단검? 뭐였지?"

무혁이 허리춤에서 단검을 뽑았다.

"확인해 봐."

그에 성민우와 예린이 손을 올렸다.

[백마군의 붉은 단검+6]

물리 공격력 155 + 140

모든 스탯 +5

반응속도 +2%

특수 옵션 : 갈취하는 손.

내구도 330/330

사용 제한 : 힘 65, 민첩 70.

[갈취하는 손]

마지막 일격을 가할 경우 상대방의 스탯을 랜덤으로 뺏어온다.

(항시 적용. 단, 몬스터에게는 적용되지 않는다.)

떠오른 정보에 눈이 커진다. 예린은 독특한 특수 옵션에 놀라서.

"오빠, 이건 뭐야?"

"아, 예린이는 모르겠네. 예전에 PK범 잡고 얻은 거야."

성민우는 무혁의 생각을 알아차렸다는 듯.

"짜식, 알고 보면 진짜 잔인하다니까."

"그런가?"

절로 웃음이 새어 나온다.

포박을 당한 파라독스 길드원들. 그들은 칼럼 마을에 존재하는 허름한 감옥에서 눈을 뜨게 될 것이다. 물론 포박당한 상태라 움직이지 못할 것이고. 그런 이들을 한 명씩 차례대로, 지금 무혁의 손에 들린 백마군의 붉은 단검으로 죽인다면?

지금 사로잡은 이들만 대략 200명. 획득 스탯이 무려 20인가? 현재 오고 있는 이들까지 사로잡는다면?

20에서 추가로 플러스가 된다. 적어도 25. 많으면 35?

내일과 모레. 이틀 동안 단검으로 죽이면?

최소 50개의 스탯을 올릴 수 있게 된다. 확률적으로 보자면 힘, 민첩, 체력, 지식, 지혜를 각기 10개 이상씩 올리게 되는 쾌거를 이루리라.

"와, 그럼 오빠. 스탯을……!"

"웅, 상당히 많이 올릴 수 있겠지."

"대박이다."

어서 내일이 오기를 기다릴 뿐이었다.

한편. 뺵도어는 갑작스럽게 들이닥친 대규모 부대에 놀라 다급히 뒤로 물러났다. 뒤이어 후퇴를 외치려는데 그전에 기사단장이 숭고한 전투 주문서를 사용해 버렸다.

"하, 이런 젠장……!"

도망칠 수도, 로그아웃을 할 수도 없는 상황이었다.

이야기로만 들었는데……. 직접 당하니 기분이 아주 더러웠다. 하지만 할 수 있는 게 없었다.

겨우 150명으로 1천이 넘는 저들을 어찌 이긴단 말인가. 반항을 해봤지만 결국 최상위 랭커라는 뺵도어 역시 죽음을 면치 못했다. 그렇게 침입자 전원을 포박으로 사로잡은 채 칼럼 마을로 돌아갔다. 그들을 감옥에 집어넣고 무혁에게로 향했다.

"부길드장님."

"오셨네요."

"네. 정확히 150명, 사로잡았습니다."

"150명이요?"

"네."

"생각보다 숫자가 많군요. 피해는요?"

"병사 3명이 사망했습니다. 29명은 중상을 입었고요. 사제가 있어서 상처는 금방 회복이 될 겁니다."

"으음."

3명이나 죽어버리다니.

"안타깝군요. 아무튼, 수고하셨어요."

"별말씀을. 그럼 전 다시 가 보겠습니다."

기사단장이 물러나고 무혁은 다시 강화에 집중했다.

시간이 금세 흘렀다.

다음 날. 잠에서 깬 무혁은 아침을 먹은 뒤 책상에 꽂힌 책 한 권을 들고 소파로 향했다.

"엥? 갑자기 웬 책이야?"

"그냥."

"호오, 무슨 책인데?"

강지연이 책의 겉표지를 확인했다.

"군사학의 이해? 뭐야, 이게?"

"아, 진짜 귀찮게."

"맞다, 너 조폭 네크로맨서지?"

시끄럽게 종알거리는 강지연의 말에 미간을 찌푸리며 고개를 끄덕였다.

"설마 전략, 전술 공부하려고?"

"조금만."

"갑자기 왜?"

"더 강해지려고?"

"오호, 오글오글하다?"

"그럼 신경 꺼. 책 좀 읽게."

"그래야겠다, 재미없구만. 우리 동생."

"……."

무시한 채 책을 읽어 내려갔다.

뭐, 그렇게 어렵진 않네? 군대를 다녀와서일까, 내용이 어느 정도는 이해가 되었다.

오늘은 여기까지.

책을 덮은 무혁이 시간을 확인했다. 대략 30분 정도가 흐른 상태였다.

꽤 지났네.

일루전에 접속한 무혁은 조금 떨어진 곳에서 궁술 훈련에 매진하고 있는 도란을 바라보다 자리에 앉았다. 어제와 마찬가지로 무구들을 강화하기 시작한 것이다. 뒤이어 접속한 성민우와 예린 역시 각자의 할 일을 이어 나갔다.

시간이 흘러 해가 저물 즈음.

스윽.

무혁이 몸을 일으켰고 그에 성민우가 눈을 빛냈다.

"감옥에 가려고?"

"어."

"같이 가자."

"그럴까."

"오빠, 나는 여기서 계속 작업하고 있을게."

"그래, 금방 갔다 올게."

"응!"

무혁은 스탯을 올리기 위해. 성민우는 지루한 노가다에서 해방되기 위해 감옥으로 향했다. 도착하자마자 시끄러운 소리가 퍼졌다.

"거, 거기. 너! 너, 이 새끼야!"

"시발, 이거 풀어, 풀라고!"

"너희 실수하는 거야, 감히 우리를 잡아둬?"

그 소음에 성민우가 탄성을 뱉어냈다.

"오호, 꽤 많이 접속한 거 같은데?"

"그러네."

시끄러울수록 무혁의 미소는 진해졌다.

"이거 풀라고!"

"이 새끼들……!"

감옥을 꼼꼼하게 훑어본 무혁이 고개를 끄덕였다. 어제저녁 붙잡혀 온 150여 명을 제외하곤 대부분이 정신을 차린 상태였던 것이다.

이 녀석들이 전부 내 스탯으로 바뀐다니……! 생각만으로도 짜릿했다.

"그럼, 시작해 보자고."

인벤토리에서 숭고한 전투 주문서를 꺼냈다.

손에 들린 주문서를 찢어버리자.

[숭고한 전투 주문서가 사용되었습니다.]

[한쪽이 몰살될 때까지 결계는 사라지지 않습니다.]

[로그아웃을 시도할 수 없습니다.]

결계가 설치되었다.

"흐흐."

먼저 거리가 가장 가까운 유저에게 다가갔다.

싱글벙글 웃으며 단검을 푹, 푹 찔러댔다.

"뭐, 뭐 하는 짓거리야!"

"몰라도 돼. 그냥 죽어."

"이, 미친 개······!"

몇 번이나 찔렀을까. 원하던 메시지가 떠올랐다.

[붉은 단검에 쌓인 사기가 캐릭터에게 전이됩니다.]
[힘(0.1)이 상승합니다.]
[민첩(0.1)이 상승합니다.]

운이 좋게도 스탯이 2개나 올라 버렸다.

오오······!

기쁨을 고스란히 드러내며 다음 유저를 죽였다.

"사이코패스 새끼!"

"왜 또 죽이냐고! 시바알. 24시간을 어떻게 기다리냐고!"

"아, 젠장······!"

그들의 욕을 한 귀로 흘리며 단검을 놀린다.

[체력(0.1)이 상승합니다.]

[민첩(0.1)이 상승합니다.]

다음, 또 다음 유저도. 스탯이 가파른 속도로 증가했다.

정확히 아홉 명의 유저를 죽인 무혁이 동작을 멈췄다.
지금 내 스탯이 얼마지?
문득 떠오른 생각 때문이었다.
그래, 기왕 하는 거. 오늘 하루 동안 벌어질 스탯의 변화를
제대로 확인해 보고 싶었다. 쓸데없는 건 제외하고 기본 스탯
만 확인했다.

힘 : 167 / 민첩 : 129 / 체력 : 141
지식 : 81 / 지혜 121
보너스 스탯 : 0

지금도 충분히 어마어마한 수준이었다. 그런데 더 올릴 수
있다. 그것도 너무나 간단하게. 힘이나 체력이 조금 더 오르면
좋을 텐데. 뭐, 아니어도 상관없지만.
절로 기대가 되었다. 수치를 대략적으로 외운 후 다시 유저
를 단검으로 죽이기 시작했다.
"이, 이 새끼가……!"

"시발. 왜, 도대체 왜! 왜 로그아웃이 안 되냐고! 왜!"

꽤 많은 이가 로그아웃을 시도했지만 의미 없었다. 숭고한 주문서가 저들의 로그아웃 막아버렸으니까. 그렇기에 여유로운 표정으로 한 명씩 죽여 나갈 수 있었고.

"자, 너도 죽고."

"너, 너……!"

"너도."

"이런, 시바아아알!"

"너도 죽어."

푹, 푸욱. 서걱.

단검이 무심히 휘둘러진다. 그 결과 얻게 되는 건 스탯.

[붉은 단검에 쌓인 사기가 캐릭터에게 전이됩니다.]
[지식(0.1)이 상승합니다.]

이곳이야말로 최고의 노다지가 아닌가.

"저, 저, 미친놈……!"

"돌아버린 게 분명해. 아무리 게임이라지만……."

"이 개자식! 내가 풀리기만 하면!"

발악하는 유저를 가만히 바라보던 무혁. 상체를 조금 숙여 그와 눈을 마주했다.

"하면, 뭐?"

"아, 아뇨. 그게 아니라 하, 한 번만 봐주시면 안 될까 싶어서……."

"봐달라고?"

"하, 하하. 네. 또 죽으면 24시간이나 접속을 못 하게 되는
데……."

"지겹지, 그 시간이?"

"그럼요. 잘 아시면서……."

무혁이 씨익 하고 웃었다.

"그래서 죽이는 거야."

단검에 보라색 빛이 서렸다.

풍폭, 십자 베기.

휘두르자 한 방에 유저가 죽어버렸다.

[붉은 단검에 쌓인 사기가 캐릭터에게 전이됩니다.]

[힘(0.1)이 상승합니다.]

[체력(0.1)이 상승합니다.]

또 2개나 올랐다.

"크으……!"

스탯이 오를 때마다 희열이 느껴졌는데 이 맛에 중독되어버
릴 것만 같았다.

이러다 PK에 빠지는 거 아냐?

단검만 있다면 PK를 일삼으며 스탯을 올리는 것도 나쁘진
않을 것 같았다. 이내 시답잖은 생각이라 여기며 고개를 털어

잡념을 지워 버렸다. 고개를 돌려 앞으로 처리해야 할 이들이 몇 명인지 살폈다.

절반 정도 남았나?

속도를 조금 높이기로 했다.

풍폭, 풍폭, 풍폭.

지금보다 훨씬 빠르게 유저들이 죽어 나갔다.

"빌어먹을……."

그제야 파라독스 길드원 대다수가 체념해 버렸다. 아무리 욕을 뱉어봐야, 또 살려달라고 애원해 봐야 무혁과 성민우 두 사람 모두 묵묵부답이라 의미가 없었던 것이다.

"젠장, 절대 다시는 접속 안 한다. 시바아알!"

"나도!"

그렇게 60여 명을 더 죽였을 때.

"후우."

무혁이 동작을 멈췄다.

"아, 힘들어. 남은 건 네가 처리해."

"응? 내가?"

"어, 여기 단검."

단검을 받은 성민우의 눈이 커졌다.

"허얼, 리얼이냐, 이거?"

"어, 남은 40명 죽이면 4개다. 알지?"

"그럼. 알지."

성민우의 입꼬리가 이내 올라갔다.

"크흐흐, 재밌겠구만. 진짜로 내가 죽인다?"

"싫으면 말고."

"어허, 싫다니!"

확답을 받은 성민우가 단검을 휘둘렀다. 한 명을 죽인 순간 메시지가 떠올랐고 그 내용에 더욱 흥분하는 그였다.

"우오오오! 쩐다, 쩔어!"

성민우의 발광을 잠시 바라보던 무혁이 상태창을 다시 확인했다. 각 스탯이 3개씩 올랐고 체력은 추가로 1개가 더 오른 상태였다.

HP가 200, MP가 150. 공격력 9, 방어력 4.

외에도 각종 부가적인 능력치들이 스탯의 상승에 맞춰 조금씩 증가해 있었다. 그저 보는 것만으로도 기분이 좋아졌다. 여기서 끝이 아니다. 조금 있으면 150명의 새로운 파라독스 길드원이 다시 접속할 것이다. 그럼 15개의 스탯을 더 올릴 수 있게 된다.

"자, 단검!"

"음?"

벌써 40명을 모두 처리한 모양이었다.

"끝났냐?"

"어, 너무 신나서 미친 듯이 움직였더니……."

"스탯은?"

"운이 좋았는지 힘이 2개나 올랐지 뭐냐. 대신 지식이랑 민첩은 안 올랐지만."

"체력이랑 지혜는 1개씩 올랐겠네?"

"그렇지."

"괜찮은데?"

"크크, 좀 쩌냐?"

"그래, 쩐다. 아무튼 나가자."

"오케이!"

달이 떠오를 늦은 저녁을 기다리며 본래의 자리로 돌아가는 무혁이었다.

카앙!

곧바로 망치를 꺼내어 강화를 시작했다.

to be continued